U0564733

山居格调

刘以林

著

上海三联书店

图书在版编目 (CIP) 数据

　　山居格调 / 刘以林著 . 一上海：上海三联书店，
2018. 11
　　ISBN 978-7-5426-6505-8

　　Ⅰ . ①山… 　Ⅱ . ①刘… 　Ⅲ . ①散文集 - 中国 - 当代
Ⅳ . ① I267

　　中国版本图书馆 CIP 数据核字（2018）第 223619 号

山居格调
著　　者 / 刘以林

责任编辑 / 程　力
特约编辑 / 李炳青
装帧设计 / 棱角视觉
监　　制 / 姚　军

出版发行 / 上海三联书店
　　　（200030）中国上海市徐汇区漕溪北路 331 号中金国际广场 A 座 6 楼
邮购电话 / 021-22895540
印　　刷 / 北京环球画中画印刷有限公司

版　　次 / 2018 年 11 月第 1 版
印　　次 / 2018 年 11 月第 1 次印刷
开　　本 / 880mm × 1230mm　1/32
字　　数 / 80 千字
印　　张 / 8.25
书　　号 / ISBN 978-7-5426-6505-8/I · 1459
定　　价 / 45.00 元

敬启读者，如发现本书有印装质量问题，请与印刷厂联系 010-63706888

寒山之美，在其冷寂 ————————————

2015 年

暮中踏雪，唯寒枝上亮月弯若新梦 ————————

桃花凶猛。大风中，花枝舞若飞鞭 ——————————

石缝小草，草文明之君子也 ——————————————

知了叫得又响，麻雀飞得又低 ————————

年年秋色，岁岁红梦，对叶知幻，深得秋魂 ——

我山喜鹊，火眼金睛 ————————

四时之美，寒为凛冽冠 ————————

2016 年

春蓝灼人

葱性敏锐，易感天地妙变

青藤自在

松鼠动心，我生之殊遇也

暴雨，热风，浓雾……万物升腾

秋气夺人，爬山虎又红矣

9 月 14 日 173
9 月 17 日 174
9 月 20 日 175
9 月 29 日 176
10 月 5 日 177
10 月 16 日 178
10 月 22 日 179
10 月 28 日 180
11 月 7 日 181
11 月 12 日 182
11 月 30 日 183

吾有幸得处寒中，证天人合一境也

12 月 1 日 185
12 月 7 日 186
12 月 23 日 187
12 月 25 日 188
12 月 28 日 189

2017 年

1 月 2 日 190
1 月 9 日 191
1 月 18 日 192
1 月 21 日 193
1 月 24 日 194
1 月 26 日 195
1 月 28 日 196
2 月 15 日 197
2 月 23 日 198
2 月 25 日 199
2 月 28 日 200
3 月 2 日 201
3 月 7 日 202
3 月 10 日 203
3 月 12 日 204
3 月 13 日 205
3 月 19 日 206

雪白、云白、花白

3 月 24 日 208
3 月 29 日 209
4 月 5 日 210
4 月 8 日 211
4 月 12 日 212

又见青樱桃，心动

4 月 18 日 214
4 月 21 日 215
4 月 24 日 216

　　古圣贤云有三才，曰天地人。夫天地不仁，以万物为刍狗，人出，鼎立天地间，则天地万物各为天地万物，情动乾坤，美感弥漫。莲花山之为山，了无牵挂，刘以林君出，情动莲花，审美山水，则峰涧花草树兽虫鱼一一动名天下，四方文客慕钦赞吟刘文刘境，遂成一时之大观，蔚然当世之风趣，载品载评，有并时无两之风雅。而刘君山居十五年，初不以结文为意，率性率真之录也。而成裘之后，高格雅调，友朋同道好之如饴，怂恿集册，竟然宝奁珠串，亮明几案，特今时少见之文也。区区百余字，洋洋三百篇，把此一卷，惠于学林，其必多多矣。谨以赞言，荐于识者。

项纯文

　　文之思也，其神远矣。一山之居，动盈天地万物，眉睫之际，涵韵千载春秋。刘以林先生山居文字，本为朋友寻常微信，随手而率性，点屏而发者，不料文辞所被，群友激赏，以为吐珠纳玉，模形拟器，有万分不可得之妙，争传疯转，洛阳纸贵。

　　刘文妙处，神与物游而物无隐貌，随物宛转而情动于中，言之寥寥而意满于境，皆区区百十字即如诗如画也。今人事烦，时不我待，读文每苦辞采丛杂，一读刘文，虽云短篇，实胜长制，遂如饮清泉，爱不能释。文言白话，皆我中华文字，辞达而已矣，不必拘泥，观之刘文，白话文言，沉潜俯仰，一一自如，无碍无滞，创新于传承也，故已借网络，流布海内外也。

　　年来入微信，得读刘先生文，交并惊喜，以为珍可拱璧，遂时时下载，唯恐遗珠。今幸见其结集，得其大略，必嘉惠文林，有益读者，遂序赞之。

胡丹

蝉鸣如海：

爱吾爱吾~爱~

爱吾爱吾~爱~

- 2014 年 7 月 12 日

山中小记：今见一虫，飞行猛厉，似牛虻而短，若蜜蜂而壮，其色黑，其形悍，越涧而来，入我画室，上下翻飞，啸声刺耳，如王者入奴者境而无所忌，忽欲出，如丸射窗，直撞大玻璃，只听一声："咚"，如一粒蚕豆坠地，死矣。

周飞乐方家:
小记写得真好。

吴迪道兄:
真乃亡者之尸。

金厶刀方家:
最后俩字，感觉特逗！

大冬妮:
死得爽快！

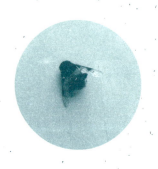

刘以林:
哈哈哈，大冬妮神评点！

- 2014 年 7 月 19 日

大雾锁山，忽闻黄鹂啼啭："笛钩跌丢。"急起视之，声在西谷，涧深雾浓，不可见也。凭栏伫立，心动如泉。少时吾故乡黄鹂，啼声"底钩叼笛钩跌丢"，多"底钩叼"三字。北京黄鹂，其声不在故乡音之上游也……此夏黄鹂鸟，未全儿时音，乘雾到西壑，忽若故乡人。

高宽众道兄：

人生当如此，痛快！

大靓拧方家：

图文俱佳！

● 2014 年 7 月 21 日

今有白兔一只，舍周围青山，以吾院为家，宿东门老

藤根下。吾呼其名，即跳跃至前，若宿世老友也。一

日，为我所惊，一跃齐胸，狂奔，划一大弧，直射其

窝，立伏不动。吾大笑，知兔子窝者，家也；家者，

人兔皆一也。自此，常避东门老藤。

温书香方家：

诚如您所言：山居之美，不可言也，言之即勉强。

- 2014 年 7 月 23 日

今日大暑，必有快事。午后，赤膊，赤足，戴草帽，入我所种地，气蒸如煮，蹲地薅草，热浪喷脸，有青草味，有泥土味，生物之气相激。身边大瓶凉水，咕嘟咕嘟只管搞。如此多时，身如水洗，人出汗雨而如沐我河也。盛夏妙境如此，复何能言，唯爽爽极！

王晓岚方家：
这种意境咱们山民太有同感！

● 2014 年 7 月 26 日

盛夏酷暑，蝉鸣如海。蝉之言语，何人知之？蝉世间"普通话"为"知了知了"。然我居之燕山山脉，蝉声却是"爱吾爱吾爱吾~爱~~"下至山脚，即华北平原，蝉鸣立改为单音"炽……"南行百里至北京，其音不变。我山之蝉，鸣时收四翅，稳六肢，翘后身，一收一缩一提然后猛一抬，其音遂满。何成此境？难问其蝉，问亦不答。

叶青方家：
太羡慕了！神仙又怎样！

- 2014 年 7 月 29 日

七月底，玉米成。劈柴生火，不多时，水沸物熟，捞而食之，不禁大笑。往年玉米成时，总有野物自山谷中来，稍未注意，即一田殆尽，今年以铁栏围之，獠牙者不可再得矣。铁栏之铁，得者吃玉米，不得者看吃玉米者吃玉米。山中之兽，口水正滴于树根处乎？哈哈！

喻静方家：
好想吃。

刘以林：
那年您与明海法师一起来，
吃过一次啊。

● 2014 年 8 月 1 日

暮望山谷，忽听林壑中有异响，初咯吱，后咯吱吱，

似为獠牙嚼物。心甚惊讶。此山中虎，清朝时绝；豹，

民国时绝；狼，建国后绝。近年封山林密，山民多言

有野猪出没者，吾未尝见，此山生猛已如此耶？于是

厚靴利器，下壑视之，草莽没顶，虫飞如水溅，艰难

不可进，遂叹：噫，原野重生矣！

王海燕方家:

呵呵，新聊斋即将问世？

- 2014 年 8 月 5 日

一蝉殒灭，坠于石上，蚂蚁见之，呼伴拖曳，毫不能动。吾视之而笑。未几，众蚁以石为基，掩藏此蝉。每蚁顶一小巨物，奔忙不息，自晨至午，成一小丘。此粮仓耶？丘在路中石上，脚踏即碎，风吹亦散，必不久存，然众蚁奋力，仍在加固。皱眉视之，心生悲悯。呜呼，人世间众多所为，与此同乎？

花山学长：

然不如此，又当如何？

也许，这就是生活。

● 2014 年 8 月 16 日

螳螂扑蝉，今日见之。螳螂潜进静趋，渐近蝉身，双
刀齐落，蝉啾然狂叫。螳螂不迟延，小口细牙，立食
其蝉，蝉挣扎不脱，活为其食，哀鸣命绝。螳螂与蝉，
躯体大小几同，力亦几同，食与被食，盖因螳螂有刀
而蝉所无也。呜呼，利器之有无，世间存亡之道也，
不可以不察。

大卫方家:
图文皆牛叉，金光闪闪啊!

- **2014 年 8 月 20 日**

大暑初歇，绿海之中，忽见红叶一片，心大奇。天下皆绿，何一叶独红？天地火焰，独在此燃耶？万物萧瑟，独先于此耶？以手触叶，忽坠深秋。徘徊四顾，身仍在暑中。此叶天造耶？心造耶？幻见耶？实有耶？一叶知秋，此叶可知否？若不可知，其红何意？期智者答之。

山枣方家：
眼之所见，心之所想，物于悟现。
都是境界净地。

- 2014 年 8 月 22 日

一小鸟，入我画室盘飞，倦即随处一落。吾戴草帽，屏息窗前，未久，小鸟落于帽上，飞手执之，大笑。小鸟二目注我，惊惧不已。飞鸟落入爪牙者必死。然鸟知爪牙之利，未知善之利也，君飞于天，我行于地，天地同志，何相害耶？况为同山之邻居乎？于是至屋外放之，呵呵呵久。

徐韬滔学长：
香庐引翠鸟美事！

- 2014 年 8 月 27 日

山中日出，树影草影横斜，我影亦然。我看我影，在壁上，在草间，在石上，在青藤中，凡所在处，吾目皆及。心清寂然，爽极。笑问吾影所见者何？影曰：见山气明丽，飞鸟渡涧，秋虫不飞，另有一人黎明即起，背负旭日，向自影行注目礼，嘻嘻自哂，不知所乐者何也。

● 2014 年 8 月 29 日

八月枣熟，伸手摘之，大叫啊呀！枣枝中有虫，名洋
拉子，色极美艳，剧毒，甫一触之，如针扎，如火灼，
如利刃久割。吾少年时即知此物，山居十余年，无秋
不防之，今见大枣明媚，忘乎所以，欲得口福而忘福
之祸所寄也，故罹其害，无可怪。乃满地跳脚，大叫
我靠，山为之应，痛极而笑，自认倒霉！

大冬妮:
原来这个就是传说中的洋拉子！！！

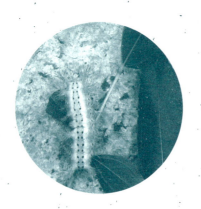

- 2014 年 9 月 6 日

去年冬尽，启窗迎春，其西南一窗关未实，一藤入户，越春越夏，藤长三米，蓬蓬然若在旷野矣。《陋室铭》"草色入帘青"之妙境，其草犹在帘外，仅色入户而已；今则藤与青色俱在户内矣。山居十余年，万物相生相长，不择内外，此山与我已无间矣。天人合一，此亦一也。幸甚！

陈鹏道兄：
的确如此，自然与人可以为邻、为友、为善。
中秋节快乐！

● 2014 年 9 月 8 日

中秋节，院中枣枝几触地于地，望之心动。儿时故乡
金秋，稻谷下垂，弯若金钩。今北京山中无稻，却见
枣枝弯垂，此弯即彼弯耶？若言是，枣非稻也；若言
非，此秋即彼秋也。不同者眼前物，相同者梦无痕，
年年清秋天无际，岁岁此心知西风。以手抚枣，摘而
食之，口虽食枣，心实食秋。此中秋节，爽！

梅桑榆道兄：
真乃地上神仙也。

- 2014年9月11日

植物绿海，忽一片藤子枯死，虫所为也。其虫似蚕而极小，食亦如蚕，一叶尽，立换一叶，百只千只，日夜不停。扩耳细听之，吱嚓嚓喀，似军群猛进。忽一日，虫皆蜕变生甲，背有花点，游曳交配，却仍食叶不停。寒气将近矣，虫之轮回，亦分秒不停渐趋终点矣。无叶藤枯，气寒虫枯，乾坤造化，何物可违！

孙大梅学长：
观察生活详细入微，文笔健硕。

● 2014 年 9 月 29 日

远行十多日，回山如入幻境。走时热浪扑面，此时凉风已四起矣，满院落枣，一地残叶，草丛中野菊白如新雪，树静风止，唯闻山谷中虫声凄楚寂寥。唔，秋来也！秋之到山，落尘埃，降冷雨，催草衰，天高云寒，令人如坠新水，又如与某天启物相遇，更似醒后复又一醒，此谓"时间中央，一个人又新了一次"！

心无染如秋水

- **2014 年 10 月 21 日**

晨启门，凉气如水，焰光膨胀，山中红叶一夜似火
也哉！心怦怦然，近叶抚之，嗅之，恭敬之，畏惧之。
火焰鲜血之色，何一夜骤到叶中耶？斯驾西风而来
耶？御冷云而来耶？挟乾坤倒转之力而来耶？火在
叶中，不燃而红；血在火中，借叶而燃。诗曰："更
多的事物向秋天汇集，梦在增加。"一念红色如海，
合掌！

旺钦彭措法师：
今天，路过黄州赤壁，想起东坡先生。

刘以林：
事如春梦了无痕。

- 2014 年 10 月 24 日

寒露，凛冽也；山楂，暖红也。昨夜山中无风，寒星密集，知露水浓重。今晨果见露满四山，无草不坠珍珠，山楂之上，其露犹美：楂果大，饱满，色如红烛；露水亮，剔透，无声而澄明。人对露如对秋水，视山楂如视年年之故人。山楂一年一红，已十一年矣，寒露万重，不可复记。山中岁月，逢深秋辄知凛冽而暖红也。

支东生道兄：
妙景，妙文，妙心情。
羡慕不已！

● 2014 年 10 月 25 日

霜晨寂寂，西风忽止。一人山行，见地上落叶绵密，黄光四射，踏之而行，声唰唰然。坐卧其上，叶软如被。其鼻嗅之，寒香灼人。大树高处，正仰望时，有零星叶翩然而下如鱼翔清寂海中。善哉，此天地韵之秋君子也。圣者云："我所知法如树上叶，我所说法如掌中叶。"眼前所遇，有圣者掌中叶之法意否？

- 2014 年 10 月 30 日

今岁夏，门前杏树为悍虫啃凿，数孔粗及小指，虫居树干，树命危矣，心甚忧之。秋风起，寒光冷凝，忽见树出脂如挂冰，琥珀闪烁，诸孔皆封，寒雪冷雨皆不可入。心大讶，此乃树木自卫自疗之法也，有伤不语，自力合之，一法到身，直度苦厄。诗云："靠自己比靠一座山可靠。"树且如此，况吾辈乎？

武眉方家：

此文堪称经典，让我想起《小石潭记》来了，寓意深情……有时间去看您和您笔下的树……

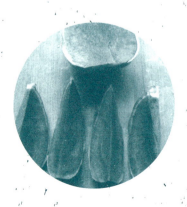

- **2014 年 11 月 2 日**

霜降过后，萝卜成矣，其缨绿，其体硕，其神扬，拔
之剖之，色红如桃花之兄弟然，真妙哉！食之，润甜，
爽冽，清脆，得高秋三昧。自问得一园萝卜与得一天
星辰何异？答无异也。"十月萝卜小人参"，岂仅
此哉！萝卜古名芦萉、莱菔，漫漫不知其始，此刻
却在吾山吾地，亦在吾目吾口，更在当下神遇偶得
之中。

江航燕方家：
无诤真三昧。

- 2014 年 11 月 5 日

秋深，山下好望湖，宁静，澄澈，云山高洁尽在水底。仰望苍穹无尽，俯视亦无尽，上下高远，如梦现前，此秋水一年一馈赠也。绕湖行，人在岸上，影在水中，两下相随，共得无声。拾石子击水，涟漪如环，去后无痕。人言"深秋站在湖上，它的脚细如灯草"，此奇异境，必心无染如秋水者所出，此刻会之。

秦月仙方家:
文字比山水更清秀，
心境比山水更空灵。

支东生道兄:
水清山静，林悠鸟鸣。
心迹无痕，笔出天音。
如此，刘老师居仙境也！

- 2014 年 11 月 6 日

满地落叶中，有红如暗玉者，捡之，得枣几数盆。吾
种枣树七株，六株皆早熟而甜美，唯此枣晚熟而木涩，
人皆不食。夏尽秋来，诸枣皆尽，落地者亦腐不可存，
然此枣愈显灿烂，红果满树，人争相赞之；待其落，
晒干，长存无碍，食之则甘美不可言。山居十余年，
此为一珍。先贤云："合于道者必违于世俗。"此枣所
示，亦如是也。

大靓拧方家:

合于道者必违于世俗，这话说得好。

- 2014 年 11 月 14 日

  冬，又见树上黑鹊巢。寒冬之美，鹊巢为其一也。我山鹊巢，喜鹊每年三、四月筑之育雏，春夏秋常隐大树冠中，寒冬叶脱，即怦然现于眼前。吾每于寒冬仰望天空，所见者唯太阳、月亮、鹊巢三物而已，常自叹："鹊巢是冬天的孤单马和醒来书。"今日又见，亦复如是。山中每冬有鹊巢可见，乌光射目，高洁到心，真一福也。

自由生活方家：
真是一种享受。
自然山水，蓝天生灵，清净的心。

● 2014 年 11 月 16 日

山中敞门，常得异物，今日哗然一响，一小一大二物箭似来也。视之，小者麻雀也，逃命不择路而入；大者鹞鹰也，追猎忘乎所以而入。心爽爽然大笑："幸会幸会！"捉鹞鹰飏之。再捉麻雀，正捕间，麻雀夺门扑地，此一瞬，屋中小狗蹿出，一口咬定，麻雀立死。嚯，逃出鹞鹰啄，死于小犬牙，麻雀之劫何猛绝至此？

孙咏梅方家：

忙完一个因果，又要忙下一个因果了，人，何曾不是如此。

- 2014 年 11 月 19 日

寒上枝头，尘心渐灭。每年冬，叶果落尽时唯柿子挂枝不坠，其色橘红，似有小红烛燃其中，令人一望而心动。柿子始种于中国，树龄三百年者仍结实。我山柿树百七十年者甚多，山居十余年，果实每年一遇。今冬仰见小灯笼般柿子，如见天空朵朵火焰。"这些小灯笼认识我，能叫出我的名字。"抚树侧耳谛听，千百柿子确如啼啾百鸟唤我于枝头，喜悦极。

秦旭道兄：

如此心境，无尘，寂美！

● 2014 年 11 月 28 日

树离根离冠，即为木也；木中规中矩，即为器也；器之一种，即木香草堂也。此屋为我所建，上得天光，下得炉火，中得安宁，吾每于此俯仰烟霞，消遣世虑，今冬又来，木香蓬蓬然入吾鼻，木色橙橙然入吾目，去年所撰春联犹在："红尘仅染小边界，世外已开自在天。"高声诵读，心咚咚然，天地不朽之意，果存此隅耶？坐地，思良久，不敢言。

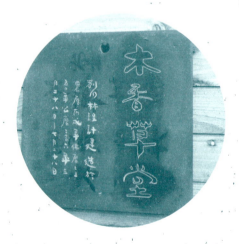

满园方家：

言语不惊，艳丽沁心。

- 2014 年 12 月 1 日

我山一窗向北，夜见星辰，昼无日照。三年前吾书字一幅悬于窗，三年后字迹尽失，纸之颜色亦失，唯窗格所遮处如故。逢高人来访，指与吾日："天光者，摄物也，不见其取，日有所摄，山居者望苍穹得天光，日久，则尘心尽失，譬如此纸。"吾诺诺，知眼前物，皆道心所寄也。再望天空，心即感动，如见圣贤。

孙咏梅方家：
此非天光摄物，而是物摄天光。
字纸摄日月之精华，羽化飞升，我命由我不由天矣。
刘老师加油啊，方不负山居岁月。

寒山之美，在其冷寂

- 2014 年 12 月 2 日

落叶尽，树冠清寂。扫露台时，杂什物直落脚下树冠间，手中旧帚，似有天女散花之神力，失笑哑然。人之于树冠，仰视常有而俯视不常有，吾山居屋在涧上，相反，俯视常有而仰视不常有。山中入眼入耳之物真常异也。俯视树冠，久之其冠恍若树根，而其根则恍若树冠闪耀于土中。山中人常异山外人，山之内外，何物不异？

支东生道兄：

人间事，亦仰视者常有，俯视者不常有。
眼界使然也！

● **2014 年 12 月 5 日**

昨日寒流大风，山下好望湖，浪声喧天，人临湖边几疑临暴怒海，心惴惴然。今晨风止，湖水静若处子矣，寒山倒映，湖光揽人，湖中枯柳，枝上浪迹已成冰凌，如玉如珠。湖无尘也，有道也，风动则起，风止则宁，先贤"物来则应，去后不留"之高境，舍此湖其谁？水为湖体，湖为水形，形体一脉，真吾师也！

孙咏梅方家：
真乃上善若水。

刘以林：
水处万物之低而不争，故几于道。
有水为邻，若有良师。

孙咏梅方家：
天一生水，本我现前，良师自得。

- 2014 年 12 月 10 日

山中十二月，寒流大急，绿菜皆颓杀。此时所宝者，地窖也。寒冬冻土仅深半米许，吾依山掘地，木石其门，洞穴其室，大地之热浑然，储白菜大葱萝卜等，需即取之。吾每取菜时，窖中稍停，瞬间即如太古；若依壁屏息，则心寂寂下落，恍若与冬眠者为伍矣。斯时听窖外风动山林，常念林涛一阵即是一世，心开何极。严冬赐福，竟如斯也！

张仁平道兄：

刘氏以林，京城奇人。

广游世界，深趣地窖。

诗书画雕，灵悟通道。

古今横纵，商文驰骋，旷世逍遥。

- **2014 年 12 月 13 日**

寒山之美，在其冷寂。今吾早起，见其冷者，天色寒，泥土冻，水成冰；寂者，草木衰，虫蛇隐，人迹无。一人山行，星月在天，草径在地，一时心念："黎明早起，能看见人的一生只有十余个小字。"又念："心中的东方，太阳早已升起。"未久，东方启明，月暗西岭，寒山渐红，人立巨石之上，看旭日，四望，自觉周身尘土尽落，内外皆明，爽！

王晓岚方家：
围坐炉火旁，眺望大山景，今日无风，大山在蔚蓝的天空下被映照的如此美丽。观此山此景十五年有余，当年初看之心境丝毫未减。

- 2014 年 12 月 17 日

寒冬日暮，一麻雀从山谷中来，入吾窗外藤萝中。此窗开缝寸许，麻雀忽从缝入，绕室盘飞，呜呜然。麻雀别名"照夜"，观其飞，果有小灯照夜之明媚。嗣而捕之，言曰："麻先生，春夏秋常有山鸟误入吾门，今严冬闭户，群山辽阔之中，仅一寸之缝，君何亦入耶？日后当记与天上星辰同照此山也哉！"麻雀眼圆如梦，视而不答。吾大笑，出门飏之。

范明芳方家：
是精灵。

● 2014 年 12 月 20 日

天地有大，美而不言，寒冬之树，美亦如此。冬树叶
尽，枝寒，干坚，根牢于地，处"自在界"，一冬不长，
亦不不长，树之年轮，锁定到春，所谓"不生不灭，
不垢不净，不增不减"是也，禅意勃勃。天地之间，
舍冬树何物可有此境耶？今冬天燥，山中一直不见白
雪，吾遍视诸树，亦无一树忧怨而锁其眉。是为"不
为雪喜，不为燥悲"。树之高境，大略如此。

刘晓龙方家：
您的世界万物皆有灵，娓娓道来如詩如歌，
怎一个美字了得？

- 2014 年 12 月 22 日

今日冬至，白昼最短，山中 7 时 39 分日方出。真乃"白昼短得像一根火柴"。每至今日，吾必直上南山，何也？迎太阳也。吾屋处山近，南峰高耸，太阳每年小雪季后全无，大寒过后方略露其眉，此间寒寂之美如新梅怒放。然冬至一至，太阳轰然折身，温暖之境又渐若桃花笼天地，此为寒亦爽，不寒亦爽，无不爽也。因皆爽爽，故年年必上南山，不上不足以快此心也。

梅桑榆道兄：
意境空灵，文字优美，直追张岱。

刘以林：
岂敢，过誉了啊！张岱等均为时间中不灭之俊杰，岂吾辈可乱攀耶？只是文言复活直述当下，亦殊出意外。文言之表现力有一隅非白话可比。

● 2014 年 12 月 27 日

寒山喜鹊，目光如电，室外稍置食物，片刻即来；先盘飞，叫声喳喳喳，意谓"发现"；嗣渐近，声变喳为嗒，意谓"可去吃"；尔后，一鹊落地啄食，一鹊树上叫声嗒嗒，意谓"安全"。逢极安全时，亦双双下地。鹊有秩序，一鹊啄食，另一鹊急不可耐，亦不抢，以头顶食者尾促其让，或绕行跺足，或低首试啄之。吾潜而窥之，乃知鹊间曼妙，不忍笑。

张金芳方家：
欲啄怕人惊，喜语晴光里。

刘以林：
久居深山里，乃能鹊家言。

- 2014 年 12 月 29 日

寒山暮色之美，在其白昼将尽而未尽，夜色已来而未来。山鸟宿，夕照隐，行人归，山村灯光，遥见于远。斯时风常暂息，上下寂寂，一人站暮色中，若大鱼独出深潭；以手指山，山默然无所应。此时天现神奇之蓝，非昼之蔚蓝，亦非夜之乌蓝，乃昼夜连接处高洁靛青之蓝，此唯冬至前后寒晴之暮可见。每此时，心即窃喜，如得"不为世染，不为寂滞"之清净界。

张其存道兄：

寂而恒照，照而恒寂。

● 2015 年 1 月 2 日

岁月果无痕乎？非也。十年前入山寻泉，系吊床，于
榆树上扭铁丝，未解之。今元旦入山偶遇此树，见铁
丝入树肤已深矣，岁月突围，令树割伤撕裂。心大愧，
持钳解之。十余年未入此壑矣，今日乃岁月痕迹所期
乎？因问："岁月欲借你我之缘而现之耶？"树哂而应
曰："岁月无痕，欺大市中人也，山居者无欺。"吾默
然，以额抵树，信其真也。

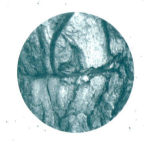

张其存道兄：

亏处有补，岁月亦弥痕，再十年观之，
复如初，刘师当无愧！

刘以林：

岂敢！峻岭所赐，不可私有，示于明
处，贤达共睹。

- 2015 年 1 月 4 日

京北寒山，其色云何？或曰"褐"，实则非也。褐者，远视也，近则大异，今上西岭亦验之。西岭兔径蜿蜒，鸟鸣深谷，荆棘扎人直叫啊也！然眼前斑斓，令人疑在褐彼岸之春也：有金果，有靓枝，有银石，红者，黑者，黄者，种种色，呈寒山异彩。心兴奋，登巨石而小自己，兀然莫名叹曰："世界中心，今天在北京之北五十公里。"

魏毅力道兄：
好文字，好意境，好心情。

- **2015 年 1 月 13 日**

入冬久不雪，忧心如炽。峻岭连天，昼望则日出日落，夜望则星月照人，寒云偶来，亦一风尽去，并无雪降。现大寒渐近，立春不远，去秋落叶与枯菜犹卷屈未变形。地旱矣，山林旱矣，田中麦苗旱矣，明春病害或因冬燥而猖獗。每思此，则恨不能跺脚震白雪落地。吾辈久居山中，半耕而食，心与泥土连矣，地旱如我饥也。都市中人，或不能解。

雷人道兄：
与灵为伍，与龟为寿！以林为仙！

刘以林：
天地造化，不敢私有，时间之过客耳。

- **2015 年 1 月 16 日**

太阳于我为游子。吾画室南山高，每冬 11 月 25 日阳光隐其后，1 月 16 日复归，其间凡五十二日，今日当归矣！近午，沐手静坐，11 时 29 分，吾乃高呼："来，来！"果然，阳光一束越山直上东墙！吾跳脚曰："兄弟你好！"阳光无应，明媚而在，弱如苍穹之婴孩，稍停留，渐隐，而其初照处，亮意恒久不散。"新光开天界，见者生禅心。"果如此乎？

李静韬方家：
混合印象：隐者查拉图斯特拉。

刘以林：
寒寂之下，其心自敏。

● 2015 年 1 月 20 日

大寒，持斧入壑，伐枯木负而归，置炉堂中，烈焰腾腾起矣。吾观火焰色，赤红，勃勃然自木中奔出，自曰："火焰者，木之子也；木者，火之故乡也。"吾闻火焰声，哔哔啪啪，如玉米炸，如急雹击瓦罐，又曰："都市中火，文明火也；山中火，樵夫火也。"吾感火焰热，如烫泉扑面，复曰："君性烈，欲使吾大叫啊呀耶？"移凳远坐，直至夜深，火渐熄，万籁静，心清明。

张金芳方家：
好一个樵夫！热得自在。

刘以林：
对火开天界，见者生隐心。

- 2015 年 1 月 26 日

雪者，冰之兄也，云之子也，我之满地银也；火者，木之兵也，水之敌也，我之红晃晃也。生火做饭于雪中，锅中所煮物，乃十步外地中所产。斯时山中鸟飞绝，人踪灭，吾声喧喧："小柴火儿，快快烧！"少顷炊成，立雪地中食之，热腾腾汗出，大快。仰望山巅，高崖上大石正望我。石也不食，徒望我何？移望山谷，其雪正满，清寂撩人。

孙咏梅方家：
正听仙乐《寒山僧踪》，忽闻此文，
刘老师真神仙也。

刘以林：
我者，有我相也，岂敢称仙！

- **2015 年 1 月 30 日**

吾屋西岭，其下大壑，壑间巨石与密林参之；再西高崖，路绝。每冬日暮，壑上半山密林中，小鸟宿之。斯时临壑，耳中常得禽鸟妙音，其音如琴，如泉，如歌，如细冰雹击铜盆，其先自左山起，顺峦迭次右移，如琴键左寂右响，渐行渐远，山峦尽，复右寂左响，渐移渐近，直至起点。如此四遍，突然偃声，夜幕合，山沉沉，人对山林，如得前世一梦。

支东生道兄：
大野之音，天韵风拂，满山琴瑟为刘君一人而奏，何等奢侈！艳羡之极，君竟何德而独享？

刘以林：
草也听，石也听，人也听，泥土也听，人同草石泥土，我，微尘耳。

- 2015 年 2 月 1 日

寒山我屋如冰窖，无供暖，来者皆瑟瑟，我独泰然。或问："高寒如此，何忍耶？有奇功耶？"答曰："非忍，非有奇功，乃天人合一也，平衡也，平衡之境，玄之又玄，然亦平常也。君见面前三瓶水乎？水满者，成坚冰也；水竭者，瓶扭曲也；水半者，水未冻而瓶如初也。"问者悟："内不冻而外不寒者，中道所得也；人处中道，在大寒如在暖春也。"吾曰："如是如是。"

秦旭方家：

舍我舍天，寒暖何在？
非相即佛哉！

● 2015 年 2 月 4 日

湖水冰厚八公分，即可载人。今冬虽暖，山下好望湖
仍冰厚十二公分。逢今日立春，四望萧索，乃下湖垂
钓以示心暖。利器凿孔，下钓丝，坠香饵，期鱼来。
斯时人在冰上，寒寂团团，如处净土。自晨至午，身
旁一人得鲤鱼八尾，我一无所得。彼拽吾钓钩视之，
怪曰："君之钩何直而不弯耶？"吾笑曰："钩弯者得
水中鱼，钩直者得心中鱼。"彼自摇头，半惑而笑，
吾亦呵呵。

夕木小友:
刘叔叔钓鱼，不求愿者，
比姜太公更高明也！

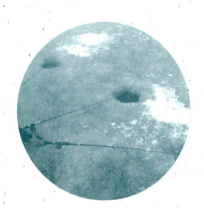

- **2015 年 2 月 7 日**

  山中夜深，迎炉读书。正寂寂间，炉边忽有小物蠕动，视之，蜍也。百虫逢冬皆死，蜍却冬眠，斯为我山冬眠物中形体最小者。冬眠乃个体生命暂时关闭，逢春复开。眼前之蜍，却误将吾炉火当天地之春矣，无奈太悲悲乎？炉火熄，寒气凝，生命复关而不可得，必死，往年如是者多矣，今复蹈之。望眼前蜍，心惘惘，起而出门，月高岭寒，无可语者。

孙咏梅方家：

执象而求，咫尺千里。吁。

● 2015 年 2 月 15 日

我山寂寞角，小陋屋也，上有山树数株，野藤绕顶，逢蒿堵门，门前一米，即有小鸟巢，高不及膝，雄雌二鸟筑巢育雏，亦不避我。吾曾于此端坐经年，所得者何？无所得也，得处寂寞之底也。寂寞之底，所视者净，所感者澈，若虚洞穿，另见盎然乾坤，世间红尘，远到天边，心勃勃似无所不能也。然此为寂寞角所赐耶？非也，一切本有，红尘既远，本有显现也。

王根喜道兄：

寂寞者，观者之心也。殊不知野葛茂盛之时、雀鸟鸣啾之日，万物蓬勃，何来寂寞二字？是故，陶潜曰：结庐在人境，而无车马喧。反之亦然。

刘以林：

根喜高言！佛言，所在住处恒安乐，即此意也。然人有此身，身有其染，真做"不为世染；不为寂滞"，殊非易也。

旺钦彭措法师：

于无所得处得所有，祝刘老师吉祥。

- 2015 年 2 月 17 日

春联，纸红，字黑，毛笔所书，汉之传统也，迄今已千余年矣。每年于山中写春联，皆随心所欲，为莲花山写：红尘帝王座，净土莲花山。为厕所写：行小方便，得大解脱。为画室写：我心不争有神遇，大器非工自天成。每此时，心即戚戚然，知春联何为东方万门之花也，纸红如日出，墨黑如夜来，文意如人心银河水，乾坤不息，文明长传，春联永恒。

王俐懿方家：
字好、词好、意好、人好。

刘以林：
小王你家门上，胶条一粘掉下了，
那小狗儿旺旺的，我交给翟老师了哈！

暮中踏雪，阒寒枝上亮月弯若新梦

- 2015 年 2 月 20 日

黎明时分，云气忽寒，伸手试之，雪到掌心。噫，春雪下矣！吾儿时，母亲常言：干冬邋遢年。意谓冬无雪则春节必有也。大年初二果如斯也！乃持椅独坐于雪中，天地寂寂，雪落无声。忽而白昼既来，上下一色，山中四望，瑞气勃勃。兀自叹曰：其色白，其性洁，其品高，所覆者立成玉色，崇山浊土，了无分别，如此何不瑞耶？白雪者，瑞雪也！

支东生道兄：
众爱感天，飞雪送瑞，山中之雪更具喜气，刘老师羊年吉祥！

刘以林：
北京雪，择羊年而白。

● 2015 年 2 月 26 日

暮中踏雪，听寂寂声，嗅山气，举目上望，所见者何？
无云，无飞鸟，唯寒枝上亮月弯若新梦。此二月京北
燕山中也，春暖遥遥，四山冷寂，然人对新月，无端
而喜。吾山居十二年矣，每年见此新月十二次，今日
又见，试问新月所感者何？月言："我下望时，君正
上望，四目合一，共享此二月山中清寂之美，心
喜也。"吾闻言，知天上月即地上我也。

旺钦彭措法师：
任性合道，安心绝恼。
随缘放旷，自在逍遥。

张坚军学长：
心静万物静，月在友心中。
当年少轻狂，载月道上行。
今夕是何年？难得有月明。
雾霾满京城，我辈心何清。

- 2015 年 3 月 2 日

山中夜静，滴水声起，如细珠落碎沙，后半夜渐无。晨起视之，乃窗外水龙头滴水，积而成冰柱，持尺量之，柱高四十公分，心甚讶。此山中三月天矣，若非山风忽寒，何有此冻？风寒而无水漏，何成此冰？水漏而无千万滴，何积此柱？积冰柱而无目见者，人何得之？"对于相遇，我们是被相遇所遇"，万物所成，皆赖缘起。缘，可遇而不可求也！

张坚军学长：
如此妙文，亏兄想得出？真心清万物清呀。
文之境界，皆心所致。

- 2015 年 3 月 14 日

行，身移也；动，肢体运也；行动，心驱形而作也。人居山中，现前之事，常须行动。今迎春浇地，龙头朽坏。或延专工来顾？非也。吾持管钳一，螺扳一，龙头一，套管一，生丝一，螺纹缠生丝，去旧上新，一拧，成矣。扭转，水哗哗而出。洒洒四顾，踌躇满志，细事末节，亦在"道"中。哲人云："实践能力关乎我们的幸福。"至理也！

高宽众道兄：
好样儿的！美国人动手能力很强，开启民智，锻炼身体，培养自立。中国很多文人动手能力差，应改。您是文人的例外！

- 2015 年 3 月 21 日

风，可感而不可视也。吾山居处广得风道，平地无风而吾处有风，平地风大则吾处风狂。山下有挂旗者，其旗一年如新；吾门前之国旗家旗，必一年三换，否则风将削旗之大半。风之力，当何解？且四季递换，风必为先。燕山中春来矣，春风之劲，四季为最。今初换新旗，正听旗声猎猎，大风忽断一旗索。咄，此风已使吾衣发飞扬，更欲得吾爬杆换索之人间意耶？

孙咏梅方家：
地水火风，四大主宰，
其威风不可言说。

桃花凶猛。

大风中，花枝舞若飞鞭

- 2015 年 3 月 23 日

我山之凶猛者，春天之山桃花也。山中东风频仍，却四望灰褐，忽然一夜之间，山桃花株株爆发，漫山遍野，如�火猛然而至，大枝小枝，间不容卵，色香猛烈，似幻不真。此花年年四月初怒放，去年冬暖，今已突然绚烂鼎沸。吾见之，徒叫阿也！因持诗与酒，入桃花林中，自念："既得此处仙境，何期他乡桃源。"此时山中我，非世间我也。桃花凶猛。

旺钦彭措法师：

甚念之！燕子已归否？

刘以林：

桃花初放日，早晚有轻寒，
山村泥未暖，燕子归来迟。

● 2015 年 3 月 25 日

松鼠鸣声，其响若何？或曰唧唧，或曰吱吱，皆非也。
松鼠虽"鼠"，声与鼠却为云泥。鼠出屋梁浊洞，昼而
伏，夜而出，其声唧，其音吱，暗，阴，沉；松鼠出
峻岭，攀高树，踏巨石，鸣声如鸟："晶，晶，晶！"
阳光，明亮，清越。吾山居时初闻其鸣，亦疑鸟也，
后一松鼠至窗外，视之，尾一耸一耸而鸣。吾笑而大
叫："哒，小子！"其一跃，回山林间矣。

大靓拧方家:
原来松鼠的叫声是 " 晶，晶，晶 "，
好可爱!

- 2015 年 4 月 1 日

去年秋，西风猛烈，树上秋实落地，野草覆之。一冬寂寂。今年春，偶见草间有隐隐红迹，知其下有妙物也，持械移草，果然诸物出，枣，山楂，满地灿烂。哈哈，此乃红星出泥土乎？持三两枚食之，甘甜可人。心大悦，呼号敛之。山野之珍，大地藏之而贻我。此非吾期，乃吾遇也。人常知"小秋收"，可知"小春收"乎？山居既久，诸妙趣不可尽言。

孙咏梅方家：
刘老师一念天堂，华枝春满。

冯根怀道兄：
嵩山这里叫山小虫儿，和老家的许多小鸟
一样一个种类，只是色不一样！

贾鸿彬方家：
做人当做刘以林啊！

● 2015 年 4 月 4 日

　山居十二年，今日确得"鸟语花香"之境：晨启门，百
鸟齐聚，画眉、喜鹊、绶带，种种脆鸣，鸟之多，鸣
之响，从未有也。花满诸树，那香浓重如强风推云，
翻翻滚滚直抢将来，平日花香为丝丝缕缕，此刻则气
香参半，香至此，从未有也。人在此境，臂若翅，心
若仙，口中不住直叫好，百鸟声中，又加我声。妙哉，
花香之极处，共鸣岂限于鸟，人亦然也！

- 2015 年 4 月 6 日

莲花山泥土，四月始暖。山中翻地，种黄瓜、豆角、香菜、水萝卜诸物。地中原有韭菜，今已夺土初成，割之，韭味沁人，沛沛然有儿时村庄气息，都市中恐难得矣。脚下土自入山起不施化肥，天然使然。世间事无巨细，一念而成其行，一行而成其果，此韭味亦为一证也，诸菜诸粮亦如是。太史公曰：种地高岭下，云白燕子来，十年深山里，自得心花开。

花山学长：

你的文、图，我皆一一看过。甚佳。若能结集出版，图文并茂，则甚耐赏玩。荡涤心胸。现在似缺少这样的文字。大美大智！

刘以林：

哈，谢谢！书面白话文时代，文言本难复活，只是心中聚合，写着玩儿，亦多有友人建议如此者，待择日思思！

● 2015 年 4 月 8 日

早起作画，四山寂寂，寂静之深，譬若太古。已而旭
日东升，春光膨胀，出屋四望，寂静满满。其在天，
高青无尽蓝；其在山，深壑峰影斜；其在地，花嫩石
清凉；其在吾耳，有"嗞嗞"音而实无。于是伫立，
观自影而长思。古人云，静里乾坤可使人俗骨俱仙。
吾骨俗乎？吾气仙乎？吾身在俗与仙之间乎？此刻寂
而不滞之道略为吾所得乎？自问乎不止哉。

温书香方家：

澄澈的寂静，震耳欲聋的美！

支东生道兄：

赏刘老师山林之文，便可品天地之仙气。
乐哉悠哉！

- 2015 年 4 月 16 日

春深处，林木奇花碧叶，急急争于一时，唯龙枣默然不动。龙枣者，枣之一种也，此树初种时，诸树发其不发，以为不活；后诸枣结实其无实，以为无果；再后诸枣甘甜而其木涩，以为品劣；最后秋风凋敝树，唯此枣红灯满枝，果极硕，数量为几树之和，食之，甘甜不可言，始知其乃枣中真君子也。"夫唯不争，故天下莫能与之争"，大道之境，此树验之。

孙咏梅方家：
枣树无为而无不为，
实证"大道至简"。

● 2015 年 4 月 25 日

大风中，花枝舞若飞鞭，蜜蜂或上或下，或左或右，瞄得一花，一蹴而下，拨蕊翘臀，直攻花心。一花采竭，复至另花。望而感慨系之。我山花开已次递一月，蜜蜂寿命亦不过一月，春将尽，一代蜜蜂亦将尽，眼前蜜蜂奔忙如此，为所能为，不知所为；不舍分秒，舍尽一生；一生尽舍，其得在蜜。一月蜜蜂如花灭，蜂蜜绵绵无尽期，生命"立处皆真"即如此乎？感动。

张坚军学长：

立处皆真，即如此乎？
真亦为幻，何时有过？
景随心生，心又何物？
生生灭灭，亦景亦物，
既不知生，又何来灭？

- 2015 年 5 月 2 日

吾有响器，形声皆若鸟，每吹之，山中辄有山雀应和。今日春将尽，持器吹之，不意山雀应和之余，竟有忘我者二，趄窗缝入室，入则慌其神，欲夺大玻璃而逃，吾大笑而捕之，曰："鸟，听吾言：闻其声，未见鸟，勿信其为鸟也。人世文明，含诈于中，斯垢漫漫，不识者亡，两呆子知之乎？"二鸟望我，默默不语，及我纵之，展翅径去，仰望穹庐，忽感非鸟飞也，乃吾飞也。

徐冰方家：
最后两句意境大好也！

690

● 2015 年 5 月 19 日

山中绿族，树，草，藤，皆生而向上，爬墙虎却为上
而又上。吾山居初时得其藤十余段，粗与筷子同，无
根，植土中即活，十余年间，今已大观，根茎有粗及
巨杯者。其藤在石，在墙，在栏，凡所在处，皆不停
向上，人对之，常听言："向高处前进，那里比低
处更能看见太阳。"噫，物生天地间，唯高低两处耳，
低处水去，高处爬墙虎去，上善若是，水之同辉者，
爬墙虎兄弟耶？

南溪学长：
低者汇涓流为大海，高者揽日月作兄弟。
低者与海为党，高者与天为党。
盖低绵高攀者，山水迥异，人各有志也。

- 2015 年 5 月 22 日

山风猛烈，门前升旗之索折断，何以恢复？有言请升

降车、报消防队、搭脚手架者。斯时徐裕和、周志强

来吃茶，此二人，民工师傅也，各有绝技，凡修葺

疑难事，无有不立决者，二人闻之曰："易耳。"相与

视院中物，置一梯于其下，梯上复置一梯，固之，系

旗索于腰，攀爬而上，瞬间旗升。吾视之而叹："君

子非异于人，善假于物也。"徐裕和、周志强，

君子也。

支东生道兄：
假物而旗升，凭心而艺就。
心物本无异，浑然自天成。

● 2015 年 6 月 4 日

念与山同静，此书斋者之语也。人居山中，又逢仲夏，
其山无片刻之静，风雨时来，山鸟四飞，大云暗影，
阳光射人。而或小坐石上，但见树花已落，绿叶勃勃，
青碧之果，争出枝间，不由得跳将起，瞅杏，柿，李，
枣，山楂，满目是也。万物旺长如此，人心清净之果，
安可不长耶？反观自照，叹曰：念与山与静，道之表
也，道之深处，万物喧哗，恒相长也！

陈鹏方家：
以林兄不愧山中解人，深得个中乐趣，山
之乐并非仅如此，昨夜月亮如橘色，月晕
之光芒作上下放射状，不比寻常状态，难
得一见；你我万幸，作为山中逸人。

- 2015 年 6 月 9 日

莲花山下，麦子黄矣。小麦起源于中东，中国种植已逾四千年。吾乡皖东谚："小满三天遍地黄。"莲花山季晚，"芒种三天遍地黄"。每此时，吾即长坐或徘徊于麦海中，时见唐人白居易云："夜来南风起，小麦覆陇黄。"又见宋人苏东坡云："大杏金黄小麦熟。"时之自顾，见吾胸下茂茂然皆黄麦也，其穗硕，其粒饱，其芒锐，麦君子之光动人魂魄。吾默然无言，唯自心怦怦而已。

苦僧道兄：
先生妙有当下，随缘起用，句句法雨。
赞叹！赞叹！顶礼！

● 2015 年 6 月 14 日

我山野山桃丰沛，每逢果成，松鼠即奔走储存。仓廪
实而知礼节，松鼠知之；凡事预则立，不预则废，松
鼠亦知之。我屋边有弃管一截，松鼠年年储满桃核，
至次年芒种前后方来食之，而此时，山杏已满地矣。
每此际，吾即知松鼠文明之靓丽也，衣食足而知荣辱，
松鼠衣毛不缺，美食不缺，端坐山中，必思天下曼妙
美好之理想，乃是此生修得松鼠身也。

苦僧道兄：
　　"妙观察智"。

- 2015 年 6 月 19 日

仲夏山中，忽闻嗡嗡声如锣响，讶然四顾，蜜蜂也，
千百之数，正奔忙于爬山虎中。奇哉，爬山虎亦开
花耶？其花亦产蜜耶？细看其花，实若非花，一若葡
萄摘后所余蒂也，无瓣，无蕊，不成"朵"。然蜜蜂
千百，岂诓余哉？惭愧，山居十二年，年年享爬山虎
之青葱，却无视其花现前，亦不知其供蜜世间之功德
也。身边君子，吾辈视而不见者多矣！

陈鹏方家：

呵呵！的确如此！往往极为熟悉的不惊人之物，越容
易忽略和莫视，此物极为平常，不则瘠土肥水，既开
花又结果（葡萄状紫色浆果），且深秋季节艳冠众卉，
来年再绿，为垂直绿化之最佳物种。以林兄喻对身边
之人，妙理深意！端午节快乐！

石缝小草，草文明之君子也

- 2015 年 6 月 22 日

山初居，地有大杏树两株，人伐一株，见年轮为 179 年，心大骇，急阻之，留其一株，今此树已 191 岁矣。每春来，树即杏花澎湃，至夏，则得杏三百余斤，秋深，黄叶灿烂其冠，冬至，入定一若大道禅者。或有言："大树招隐士，心闲得天真。"吾则曰："一棵树独自列队，我闪耀在它的光芒之中。"邻大树而居，人若对大地长者，着意不着，身边圣贤气已在矣，幸甚！

胡里方家：

此树，枝叶繁茂，果实硕累。圣贤到此，怎肯离去。
遂与相伴，席地而居，两望神采，相牵精髓，天人合一，
甚乃，无为之地也。

● 2015年6月26日

山居低眉处，常见石缝中之小草。草小而孤，概其未生沃土之上，未得广阔之地也；其根立处，仅为一缝，缝狭似无生处。然春风夏雨，草籽夺缝而出，天光明照，独我自存。庄子云："行修于内者，无位而不怍。"此即石缝小草写照也，小草无衰原幽谷之位，然不怍，无羞惭忧惧，自在，使人一望而生敬礼心，知其品行。石缝中小草，野草文明之君子也！

秦旭道兄：
此草可谓破惑见性也！

- 2015 年 7 月 1 日

青涩果，未长成之果也。夏至后，我山青涩果有枣、桃、山楂、核桃等等，皆瘦小、稚嫩、羞赧，然三五日不见，即长大一圈。青涩果者，其青，青春之佳色也；其涩，拒唇齿之利器也；其果，自家大成之先导也。青涩果有当下成长之旗帜，有他日成熟之信仰，有吾心期望之寄托。圣贤言"过去心不可得"，然年年见大树上青涩果，年年似见过去心，此天地欲启我何耶？

严啸建学长：

启我何耶？——生命之树常绿，生机由此而勃勃，创造由此而彰显。我们为什么要赞美成熟？成熟的东西会从树上掉下来，变成无生命的东西，或为果腹，或为腐烂，实乃为一种无声无息的死亡。

● 2015 年 7 月 5 日

莲花山七月，夕照时宜面西长坐。何也？色瑰丽也。
今逢夏雨，雨停，夕阳复出，方初出，即下西岭矣，
大地失烈焰色，西天出耀目景。看晚照上云，白，亮，
澄明，如顿悟君子；看云上天，蓝，高，无尽，如造
物长者；看脚下三尺处，大黑蚂蚁五七只，正搏一病
虻。心喜力发，捡一石，奋力掷远，石落处，一雉鸣
而飞，隐壑深处。大笑。天地明亮，暮色久久不来。

干总学长：
一流的精神，一流的环境，一流的文字！

南溪学长：
淮上刘侠，远尘嚣，隐莲花。占山称王，与天
为党。卧山枕水，饮云嚼月，乃活神仙耳。既
隐山中，书画雕塑，得莲花之灵，缚苍穹之美。
蟾宫折桂，指日可待焉。

- 2015 年 7 月 11 日

南山壑中，得一卵石，似水涮而成。询于山翁，知此壑往昔常大水连月，有此石乃寻常事也。于是持石归，凿孔连索，悬于屋外，称"小石兄"，至今已十二年矣。期间，虽数逢大雨，却无一见水流者。我山属冀北地，少雨，或无山洪可防耶？每此疑，见所悬石，辄觉有警示声自慧海中来。眼前石，小圣贤哉，浑圆，寂静，如沉默之格言，如往世铭，悬之眼前，真一快也！

海男学长:
如往世铭，真好！

刘以林:
小石兄几岁？万千岁吧。它看天地时，人类文明也许未萌动。

知了叫得又响，
麻雀飞得又低

- 2015 年 7 月 13 日

小暑大暑，上蒸下煮。正午时，知了叫得又响，麻雀飞得又低，想那《水浒》中，此等凶猛寂寞时刻，不是几数汉子智取生辰纲，就是赤条条躺树下大石上纳凉，吾当何为？脱衣也，赤膊也，短裤草帽，下所种地拔伏天草，地升热浪，汗流如洗，青草之气如仙气，啊呀哦也！想那北京大市中，高温预警正发得急，我山此刻，高温为何耶？老友也，高温不来，吾何以爽？！

陈宜平方家：

师兄是严寒之冬爽，酷暑之夏也爽；暴雨狂风爽，风和日丽也爽；白雪皑皑爽，春花烂漫也爽…… 为何？实乃天人合一之境界也。

● 2015 年 7 月 17 日

一青藤自山中来，翻我窗，入我室。我观此藤，茎壮，

叶茂，色纯，劲力丰沛，有天地少年气，乃笑而纳之，

每日见则曰："小青，快长！"青藤不答，自窗跃下，

过走廊，攀内墙壁，见吾墙上画避而让之，直趋屋顶。

今以尺量之，已八米矣。试问青藤所感者何？藤曰：

"往年有藤入，君即折之，今竟纵我自长，使我于青

山中得人间气，此非宿缘耶？一大揖！"

姜诗元道兄：
山居十年知玄理，心洁方寸得天真。
耐读。

- 2015 年 7 月 25 日

山雨来时，一切入潇潇界。鸟兽藏，行人隐，飞者，爬者，走者，皆无迹；啼者，叫者，言者，皆无声。天地间沛沛然皆雨也。人在屋中，屋在山中，山在雨中，雨在念中。此刻所念雨声若何？若天水来袭，击吾屋顶如击一鼓，击吾山林如击万千鼓。喧嚣极，亦寂静极，心鼎沸，又若坠千古寂寥井中，瞬间万物一也，心亦一也。雨声，道也，道通为一也。期如是，应如是。

苏建东方家：

致虚极，守静笃。我们整日处于尘世喧嚣中，可想不可及的境界。

● 2015 年 7 月 29 日

莲花山中，种枣数株，现诸枣皆青涩，唯一株色如
红玉，望之灿然，令人垂涎。有访客来，每摘食之，
皆吐呸呸。此枣者，名"看枣"，落花之日，果即红
艳诱人，自春至秋，耀然于树，然绝无可食之日，寒
秋熟落，入口亦干涩如木屑。此枣之质，实非枣也。
孔子曰，"巧言令色鲜矣仁"，此为一证。老子曰"自
伐者无功"，此亦为一证。

冯敬兰学长:
"看枣"小传。一叶一菩提，处处见智慧。

- 2015 年 8 月 2 日

莲花山八月，雾汹涌。山雨方过，正欲看烈焰下青山，忽而浓雾尽来。看那雾，白腾腾如天上云水入人间境。此时望空中鹰，涧上鹊，皆无迹，尽雾矣。雾，何来耶？我观此雾，貌为润峰峦，亲山林，消暑热，实则隔尘嚣，锁凡心，遣世虑也。人在雾中，如在天启之神仙气中矣，尘心委地。或言"读万卷书，行万里路，住云中屋"为人生高境，见此雾，知其言有据也！

王根喜道兄：
以林兄的神仙居，出世与入世之间，只隔着一道门。

刘以林：
山居近仙人，只是靠仙人近点儿，仍是凡人。

王根喜：
筑庐半山径，我欲与仙邻。
坐卧闻仙语，松涛一两声。
晨起循声去，山高复密林。
仙人莫所踪，坐看一天云。

- 2015 年 8 月 5 日

烈日，雨水，热风，山中野草杂藤汹涌。未留意几日，雕塑，垃圾桶，农具，皆陷青草藤蔓之中。平时浇灌之胶管，遍寻不见，细索亦在草蔓深处。白昼蝉鸣如海，生长之声俱淹。夜来万籁寂寂，青草拔节生长之响渐入吾耳矣。噫，天地之力迸射向上！盛夏无边，足下生长力亦无边，脚踏其力，几近御风而行矣。吾辈凡胎得御绿海旺长之风，人变神人耶？身在此境，真乃一幸！

南溪学长：
嘎嘎作响之青翠，悄无声息之年轮，生命之力果猛烈耳。

- **2015 年 8 月 8 日**

今日立秋，蝉鸣如海。此刻莲花山蝉声，响，密，鼎沸。
蝉为何而鸣耶？蝉，国有种类两万余，寿命三到九年，
多在土中，一旦出土飞翔，命期仅八十余日。且雌蝉
不鸣，鸣者皆雄蝉也。雄蝉之歌，自己不可闻，虽响
而不知其响，知其者，雌蝉也：此乃单向传递、渴望、
续命爱情之歌，天地授之，世代传于山林。今立秋日，
蝉世间男女节也，众雄蝉不可不奋勇。祝雷鸣！

高宽众道兄：

啊？！长知识。昨夜专门开窗入睡，
为听蝉鸣，美妙动听，极喜欢，仅此
两月，此后渐无。

- 2015 年 8 月 10 日

  我山种桃有二，一曰油桃，一曰蟠桃。油桃初结实时，稀疏寥落，似为不丰，熟时却圆硕甜美；蟠桃初结实累满枝头，似必大丰，实则果多扭曲而小，人皆不食。友人聚树前，有言伐蟠桃而勿留者。蟠桃似有不服，今年结实尤多，不意坠坠，大枝小枝多折断，其惨兮兮。圣贤云：少则得，多则惑。此天地间"道"也。为学如此，为树亦然。蟠桃不悟，狼狈如此。

苦僧道兄：
山中一个老顽童，独在山中证得空。
空亦非空空亦有，有亦非有有亦空。
不在两边说空有，如如当下自在中。

- 2015 年 8 月 16 日

黎明，山中寂寂，忽闻窗外蝉惊嘶声，视之，大蛇一条。吾击窗呼："呔，小子！"蛇回首来视，不逃。噫，此莲花山动魂之物也！居山十余年，年年见之。或云，此小龙，吉祥物也；或云，此阴鸷者，须严防也。实乃此物大地旷野所必须也，有之，则山林存威意，世间出警灵，野性自在，人生敬畏，原野之美，世代存焉。对蛇知世远，若为得稀声；青山寓灵物，有幸此身邻。爽！

陈燕方家：
青山寓灵物，有幸此身邻。

● 2015 年 8 月 23 日

儿时村中，檐前大蛛网迎晨光闪烁，小燕子屡粘其上，母亲每以竹竿救之。今居莲花山，大蛛网又常现矣。然吾山无燕，粘于网者，蝉，蜂，飞虻，种种山间有翅羽而形体小者。蜘蛛伏于侧，见网动立扑出，前两肢团转猎物，随之吐丝，猎物转瞬捆绑如蛹，其动作如天地间大匠也，牛又极！我国有蜘蛛近四千种，我山此种，未知何名。大自然厚重深奥，吾辈解者百不及一。生也有涯，知无涯也！

● 2015 年 8 月 30 日

山居四围，皆青山也。正南千步，有巨崖，高耸，挺拔，有昂扬气，若兄弟也。吾初见时，崖曰："来！"吾曰："诺！"乃建屋于此。崖顶穿密林峭壁可至，其广百米，大磐石也；崖底越深涧可至，仰望不可见其顶，老枯树累累，有小泉一汪，泉侧大柳粗数围。暴喝此树，寂然无应。今听崖上风响，出视其崖，口失言："壮哉，此大地圣贤也！"心自哂哂，为伴十二年矣，何若初见耶？

陈鹏方家：
兄十几载面山与共，体会至深；虽二三年，亦时时刻刻对此山居生活感慨不已，几十公里改变生活，城里人是无法与足濯清流、停步以坐看流云的吾辈能够相提并论的。

孤独浪学长：
深居山中，必染一身仙气与灵性。大山能给予欣赏它的人的唯有坚毅和淡泊。城里人缺少的就是大山的魂魄。兄弟不错！

● 2015 年 9 月 12 日

黎明山中，寂若太古。俄见东方激越，旭日升矣，其
光覆天地，夺我山，入我目，照我澄明底。我观秋晨
此刻，乌云在西岭之西，朝阳在东山之东。吾之周，
深林高树，碧草无尽，硕果结联，喜鹊两只正鸣而飞。
忽自问：此刻乃千年前之此刻耶？言是，心知为妄；
言非，意已真得。妙哉，天机清澈者秋之晨也；物华
玲珑者人之心也。莲花山中，天地古今无殊隔也。

海男学长：
大隐者必成王。

- **2015 年 9 月 20 日**

观螳螂，拍案惊奇者多矣。凡生物断头者皆立死，唯螳螂断头仍可活十日。昔时见无首螳螂后身磨翅有吱吱声，小儿呼为"织布"。今居山中，又见螳螂绝技：螳螂卵，处绿中则螳螂绿，处黄中则螳螂黄。今年吾割草令干枯，置一卵于其中，待其出，螳螂果为枯色也。希腊人称螳螂"先知"，果如是耶？果知吾割草枯其域，继而行智慧变其色耶？大惑。天地万物知无尽也，敬畏。

干总学长：
无敌文字，必转发！

贺平学长：
原创在这里啊！

小满方家：
奇妙，动魄惊心。

年年秋色，岁岁红梦，

对叶知幻，深得秋魂，

- **2015 年 9 月 23 日**

秋风起，心气勃发。斯时山中诸果亦熟，硕硕然跃出绿叶间。我观此果，仰视可得，平视可得，俯视可得，伸手可得，合齿可得，握竿击可得，扔石块可得。心念欲得则得，无所不可得也。乃立于树下，欲暴喝而得。连喝数声，无一得也。仰面怅望，知吾声非巨雷也。斯时山风忽起，诸果下落，一果正中吾鼻，酸不可耐，大叫啊也！斯风何意？诚我妄矣！服！

旺钦彭措法师：
无所不得，得无所得，是得也！

● 2015 年 9 月 29 日

峻岭连云，其云已寒。雨后看地上草，明珠四挂，心

大快。翼北气燥，人欲见秋露而不可得。今日对雨珠，

譬若见露，心疑已回故乡江淮间矣！乃跳脚而入草间，

沿小径疾行。茂草四合，水珠四溅，衣湿几至腰间。

鞋中水亦满，行则咕唧咕唧。碰有蚂蚱，皆肥硕笨拙，

随手可捉。当此际，人若俯视自身少年故事，不禁念

山居一念魅力之无穷也，快哉妙哉爽哉！

南溪学长：

山赋迭出，洛阳纸贵。

胡里方家：

雨滴缠绵，大地失暖。

植物傲毅，面向风寒。

乡间一人，闯入草中。

嘻哈玩耍，水珠四溅。

几经往复，衣湿鞋满。

负重之态，童趣憨憨。

心满意足，速归中山。

- 2015 年 10 月 7 日

寒露近，野菊开。人世间所种菊多美艳，菊虽曰菊，实乃人意之显形也。野菊则不然，其不听于人而听于天地，安静，内敛，清丽。每年秋初凉时，吾必于山中观野菊，今亦然。人立于野菊旁，无伴，无声，无念。人无念时，寂静愈增。静气极时，人入野菊了无痕。人在菊中，菊在清凉中，斯时之我，身心细小如一朵，真高远，无尘，清净界也。野菊万岁万万岁。

孤独浪：
交融于心，形小形大，红尘荡涤而尽。真静。

- **2015 年 10 月 11 日**

大蜘蛛结网，正当吾山门，尽毁之。次日，网又成，又毁之。如是者五日。心奇。蜘蛛结网，常黎明前为之，一小时可成。网成后，于网心拉一丝为"信息丝"，丝一动，立出寻猎。吾寻其丝，佯动之，蜘蛛果然出，见无物，怏怏而回。如此二十余次，仍不悟。吾不忍，乃小心捕之，移于高处，言："此处结网无碍。"次日黎明，果见网成。蜘蛛与我，两相安矣。好！

古柏方家：

哈哈！生动、心动、神动！

- 2015 年 10 月 18 日

秋深矣，叶红矣。我山红叶，乃爬山虎也。此物春发夏长，藤蔓迅猛，逢秋凉则生斗艳之气，大凡天降寒露，西风猛烈，即怦然而红。其果实亦呈紫红色。山中有绶带鸟，长尾俊逸，见红色即来，上下盘飞，鸣声如梦，食其果也。每此时，人在叶前即如临长风秋水，清魂洗魄，真乃神骨萧索，虽榆木之心亦燃伤怀之火也。年年秋色，岁岁红梦，对叶知幻，深得秋魂。

海男学长：

刘以林的北方之王阁，秋有红枫，夏有繁枝，春有细雨，冬有白鹤。

● 2015 年 10 月 26 日

霜降过后，林木萧疏，有叶红而飞丹者，有叶黄而委地者。忽而西风骤停，暖阳照人，仰见苍穹寂寥，耳际似有语吾者。四顾无人，唯见吾影在地耳，不禁自笑："此即欲语者也。"何也？秋之行深，澄明也；我者影者，际会也。我见影，知秋光，知我身，知落地形；影见我，知独在，知孤存，知默照心：两相知者，必互语以激天启之智也。深秋似癯而实腴，不吾欺也！

Hutu:

《秋影》

秋风秋叶满地黄，一位画者现中央。
顺风寻叶自讨趣，忽见地上影身长。
影与落叶共玩耍，偷窥四周无人望。
登时酣畅又淋漓，将影耍在叶中央。
影人相望两相知，知己知彼莫过此。
天人相依乃正理，影人相随唯我尊。

车弓:

影、影、影，不知秋将临？
问君何时成对影，萧瑟秋风忆旧人，
快乐何如刘以林？明日沽酒去造林。

- 2015 年 11 月 1 日

昨夜待月，四山墨黑，忽而东山温润，月露红眉，若雏鸡出其壳也，当此时也，月光淡红而薄，抹物涂山，譬若梦也；未久月上，明暗如银盘，人疑叩而可得其声也，当此时也，月色初醒，月下四望，人亦初醒；渐次月高，气冷霜落，寒山远火，几若晨星坠地，当此时也，人见四方澄明，天地万物，寂兮寥兮，一如我也。噫，深秋月，道之所寄，蠲尘念之上士也，幸会幸会！

花山学长：
你的文字表现力极强，堪称新世说新语、东坡志林。

刘以林：
想一想，文言已属旧文学，如同拼音化的时代，象形汉字也应死，但输入法发明使其重获生机。文言注入当下情感，可鲜活乎？感觉应该可以。

赵跟喜：
文白体是汉语言的再生！

● 2015 年 11 月 6 日

十年前吾偶得柿树，高不及腹，粗若指，植后遂忘。
蓬蒿起，树在蒿间。忽一年，树高俊，比之于蒿，凤
与鸡也。又年，树蓬蓬冠荫之下，蒿草渐息。至前年，
结九柿，去年十九柿，今年则一百一十，且壮硕，柿
径九厘米，稍放至软，甘甜不可言。今摘柿，树言：
"相望十年，君所悟者何？"吾言："昂扬向上，硬道
理也；日有所上，上之又上，必至灿烂。"树曰："如
是如是。"

冯敬兰学长:
喜欢至极！当枯叶落尽，朔风中，几只红灯笼依然高
挂枝头，那种遗世独立，才是真境界。

陈宜平方家:
山人合一，师兄乃得道之高人。

- 2015 年 11 月 8 日

今年雪早，夜听寒云下雪声，黎明已漫天皆白。大地仰卧，银满视野，瑞气夺人。然此雪窃时而至，枝上叶尚未归地，雪落叶上，厚重摧树，我山樱桃，杏，柿等，皆巨弯，垂垂向下，跌仆欲折。视之大叫啊耶！乃奋起，持竹竿上下猛击，唰哗哗啪，雪叶四飞，狼藉甚，诸树伸腰重起。吾扶竿立大雪中，雪朵如絮，风动山林，眼见眼前树，如兄弟也，不禁呵呵。

雪鹅道兄：
妙语连珠，栩栩如生，仰视吾兄以林师，
甚幸也哉。

- **2015 年 11 月 14 日**

山中大雾数日。夜起时，星月若沉深潭，了无痕。熄灯默坐，黑暗不见五指。当此时也，人在墨中，墨在心中，心在寂静中。睡或有梦，梦我如黑夜独亮之烛火也。已而天明，四山朦朦若悬纱幛，日也不见，天也不见，峰也不见。当此时也，天地锁闭，远方世间及眼前我，皆若太古旧事，上下四方若在默认之中。我果如我之旧事者耶？自度雾中心若止水，或如是也。

南溪学长：

好一篇雾之禅。

- 2015 年 11 月 19 日

云寒雾冷，杏叶渐落。初时寥落数片，后渐多。叶落时有窸窣声。今日雾浓如细雨，叶湿而沉，落愈急，吾闭目俯耳听之，若千百蚕食桑叶然，不禁叹曰："此杏树自吟之销魂声也！"复视地上叶，烂漫夺目，其色黄，如大杏映熟麦；其度密，如万千金蝙蝠围观地上土。噫，杏者，三宝也，果可食，木可用，叶可观。山居自种杏树，三宝俱得，不亦幸乎？心花怒放也哉！

干总学长：
美文美图，无与伦比！

- 2015 年 11 月 22 日

我山寒枝，遇雪则琼；枝上残叶，见白则玉。山中白雪下矣，琼枝玉叶矣！吾手持一竿，击一枝，其雪唰然而下；击两枝，其雪唰唰然而下。心上念，手上形，雪上声，恰和天成也哉？不禁奋起，沿径猛击，竿舞，枝颤，雪飞。自问所为者何？为天降吉祥也，心生焰火也，山中无碍也。人生山中，雪生山中，意生山中，三者际会，造化与心源合一矣，人身瑞气现矣！

旺钦彭措法师：
虚灵其魂，冰雪其形，
心意俱泯；茫茫无际。
岂有得乎？岂无得乎？！

刘以林：
恰恰欲得时，恰恰无所得，
无所恰恰得，当得恰恰无。

- 2015 年 11 月 23 日

山中大雪，天地一色，万物银光射目。沿山行，忽感林间红光灼人，视之，红果也。此果山楂，山中寻常物也，今日天地聚力，忽夺人矣。心异之，驻足欲揖，犹见往世师。当斯时也，白雪有如黑夜，红果有若灯火，吾心中之灯，为其所燃，一盏两盏，冥者皆明，满心红光，寂照白雪。面对红果，亦似见吾身若红烛，尽燃尽明，满山净土茫茫，不见我也。

刘卫方家：
以林兄总是能找到山野的亮点！

我山喜鹊，火眼金睛

- 2015 年 11 月 29 日

我山喜鹊，火眼金睛。何也？地上有可食者，皆立为所见。春夏秋勿论，置一花生米于落叶中，亦无例外为其所得。冬天更甚。今大雪，有粘糕一块，其色白，置雪中，了无分别，即使神仙目，恐亦难辨。但，迅即喜鹊来矣，飞巡于天，喳喳鸣响，一射而下，直指粘糕，爪踩喙啄，如取囊中物。吾视之噫唏，此山中飞仙也，一如苍穹之神仙目，万物无可匿矣！

孙大梅学长：
以林兄之山喜鹊文图俱美，潇洒风趣，
高雅幽默，文有古文功底，简洁蕴藉，
令人心旷神怡。图虽小，然可爱小鸟之
神态苑宛然，与文相得益彰。

● 2015 年 12 月 22 日

冬至，到旷野看大树。我山脚下，大树齐天者多矣，

其高冠者，多为杨树，人近其前，欲合抱而所不能，

粗壮甚矣。仰其冠，枝在苍穹，一鹰疾过，若往世梦。

吾呼大树兄弟，寂不相应。飞脚踹其干，自觉若螳螂

欲某某也。树高，健，沉着，上纳高洁之寒，下汲深

藏之暖，中间有缘识我，此冬至之所赐也：昼短极，

夜长极，藏之终，生之始，人树相对，如在妙境也。

HuTu 看树:

冬至霾锁，旷野看树。
山下排树，静恭敬候。
树之参天，搅动霾雾。
与树对望，两若相向。
急之推扯，自觉螳螂。
干之粗壮，独抱难当。
枝之舒展，与鹰狂舞。
自然之物，扎根沃土。
沉着稳健，傲寒伟岸。
藏于冬至，遂吾近观。
与树交谈，惬意无限。
昼夜对半，值得纪念。
天地之间，物物相牵。

- 2015 年 12 月 26 日

山中寒夜，画笔冻于瓶钵，拽之不可出，乃以热器炽之。当斯时也，天地俱寂，夜渐深而寂愈凝，稍久捉笔，笔碰钵犹大铁桶触井壁声。非钵响如此，气静而心敏也。或念深山高寒，施术使屋暖如春者亦然可得，然吾绝此念十二年矣，寒寂为伴，凛冽高洁，人在斯境，体气欲仙。古人云："畏友胜于严师，群游不如独坐。"友者，高寒也；独坐者，正此时也。

HuTu:
冬夜山中，寒冷独享。
欲画起笔，久拽不出。
高寒洗凝，笔嵌其中。
深夜俱寂，笔钵并声。
翁之回音，井壁桶碰。
室内清冷，气静心明。
暖术自有，春意可得。
修此寒寂，豪然凛冽。
人在此境，体气欲仙。
畏友严师，群游独坐。
三九初始，正当此时。

四时之美，
寒为凛冽冠

- 2016 年 1 月 3 日

严冬枯天地，寂山林，褐四方。踏寒寻寂，忽见地上有玉润珠圆者千百，视之，西红柿也，心讶。去夏吾种植晚，秋尽半数未熟，青果随缘入冬；不意竟经久未腐，转青碧为明玉，固原形于不朽，精气神三足，卧土映雪，呈天启境。噫，西红柿者，南美之物产也，移生东土，有"报喜三元"之名，三元之一，即此玉乎？新年一元复始，山中竟得"一元"，造物者真无尽藏也！

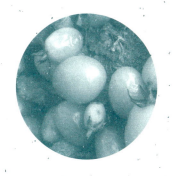

胡里方家：

天寒地冻，山林寻寂。
忽见圆石，实西红柿。
去夏吾种，秋尽未熟。
青果粒粒，遂入冬季。
惊之未腐，青碧似玉。
晶莹剔透，卧雪悠然。
呈天启境，自然相融。
南美之物，移植东土。
报喜三元，名之喜庆。
今日山里，一元已中。
新年伊始，物尽天臧。
喜在元旦，风光无限。

● 2016 年 1 月 6 日

小寒始，寒之极。小寒于冬冷为最，大寒亦多不及。
吾逆寒入林壑中，但见凛冽风中，云霾无存，林木高
处，千枝万枝如逸仙也，定眼看时，无一枝可定，皆
如万千生鲜竞春水也。谚诚小寒进补："三九补一冬，
来年无病痛。"念风中之枝，所补者何？高寒耶？寂
寥耶？心知皆非也，乃自舞也：所来则应，当下欢喜，
生灿烂心，此天地精华之所聚也，枝知其理而得其妙，
故无患。

苦僧方家：
法眼观处皆成妙理，自在心中清净无尘。
先生随缘表法实堪敬仰。

- 2016 年 1 月 15 日

坐对空湖，独得奇寒。水结坚冰，山默若古。知冰下有鱼千百，皆沉寂深底矣。岸上我，亦人间深底乎？以鱼度之，必如是也。缓步行冰上，寒气膨胀，脚下地为冰所替，人忽得"冰清玉洁"之"冰清"境，其境冷，清，寂，先前尘念，瞬间幽灭；身外玉洁，直呈当下。人感骨轻，身亮，眼明，心无念而万物可所有。斯乃悟界之佳境耶？冰上此刻，今冬之醒人霰也。

苏建东方家：
心无念而万物可所有。

- 2016 年 1 月 24 日

寒风猛烈，空山喧嚣，室外负 17 度，室内负 10 度。案上馒头忘置褥中，已冻如石矣；水壶盖不可启，冻矣；提一笔而诸笔同起，冻矣。院中风摧，椅与帚相翻滚，砰咚有声。残雪山径忽有客来，入室立而不坐，瑟瑟然，言："此境非人可处，惟君处耳！"大笑，客知山之寒，不知寒为吾所期也，四时之美，寒为凛冽冠，凛冽花开，遇念则暖，吾侪得之身骨俱仙，一何幸也！

旺钦彭措法师：
寒山挺立唯玉树，
仙人安座夜饮冰。
风劲和鸣入琴语，
琼合时得流水声。

刘以林：
安得无尘极寒处，
一片冰水夺俗心，
小涉无滞尘念轻。

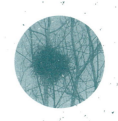

- 2016 年 2 月 1 日

寒冬高处，孤黑而坚定者，喜鹊巢也。喜鹊吉祥鸟，此人所共知，其黑白彤，在天地若昼夜，在东方若纸墨，在人心若如意子。吾山居十数年，四季每日可见之飞翔者，唯喜鹊也，自以宿世缘视之。然，喜鹊酷爱筑巢，一巢未竟，一巢又起，山之内外，逢风冷枝寒，辄见大树高处黑巢四挂，多乎哉不可数。为何耶？鹊世间亦有房地产乎？求高人解惑，言个中三昧。大谢！

贾鸿彬方家：
生育旺盛，子孙满堂。
筑巢不广，何以安居？

- **2016 年 2 月 4 日**

立春拓土，得此妙物；问君何似？骏马赤兔。此物姜也，此形马也，此神驰也。山中立春日，心气发，持铁掘地，地冻如铁，不可掘也，然立春之日，吾气挫如此耶？乃换锹为镢，一镢下，竟得此妙物。噫，地者，姜生之境也；姜者，地生之果也；镢者，气之使也；气者，春之先锋也。四者聚，呼，妙物出矣！心嘻而涂其目，赐名赤兔春，大笑而呼之。立春真好！

纠缠方家:

味道，到位啊！

- 2016 年 2 月 13 日

立春十日，寒流复来，山风拥雪，地冻如铁。有逆寒来山者，见则瑟缩不可稳立。于是闭户生炉火。少顷，火焰起，热光炽面，毕剥有声，阳春高夏，立到眼前。客言："古人云，多疾病宜学道，多忧患宜学佛，今观兄山居，为多放下宜得心闲也。"吾大笑："君心闲者时有之，所缺者唯此炉火耳。"客思良久曰："然。红尘深处，富贵横呈，闲柴炉火，真难得也哉！"

海男学长：
温暖、炽热、魔法之焰！

● 2016 年 2 月 19 日

今日雨水，山中看湖。十数日前，偿多有人凿冰垂钓
于此，今日一见，竟冰消几半，寒暄何其速也！仰望
空中有野鸭七八数，巡航盘飞，几匹，扑扑然落湖中，
水激鸭浮，人心雀跃。吾问水上冰：春来矣，君尚欲
守其寒耶？吾问冰旁水：冬去矣，今君之新岁又长耶？
吾知冰水何言哉？天地以道自持，"惟有门前镜湖水，
春风不改旧时波。"眼前风来，吾默然而得。

南溪学长：
以禅心观湖则冰消，
以禅语抒情则景娆；
以禅意解物则事易，
以禅志日勉则仙成。

- 2016 年 2 月 21 日

油画之东传，犹火药之西传也，东方天人合一融入油画，犹西方工业文明融入火药也。画之道若何？前人所赖者经验与视觉也，至毕加索者流，弃经验与视觉，取概念与思维。吾作画则尽弃前法，直取本质。事物本质乃一哲学形式，其物化则为抽象，其"象"特征具足而易解，非师心独往之私经验也。或以乱符迷眼者即为抽象画，何其谬也！"大的河流总是独自入海"，此非大匠之门，乃道也，幸会之。

秦旭道兄：

明心见性之述，寂然无为之本。

- 2016 年 2 月 25 日

黎明即起，月在西岭。望四山寂寂，寒空星稀。当此时也，远村鸡啼犹唐时霜下鸡啼也，心念"鸡声茅店月，人迹板桥霜"，静如水也。少顷月下，天靛复澄，东方启发，晨曦现矣。当此时也，四山林鸟，鸣声犹天人琴声也，心念"此曲只应天上有，人间能得几回闻"，遇无碍也。或言世有"不为世染不为寂滞"者，无乃山中处此境而得之耶？心自哂哂，小爽爽也。

南溪学长：

闻鸡起舞，揽月入怀。晨曦腾跃，山林俏乖。——妙哉山居日志。恰如金圣叹所言：刘大师胸中有一副别才，眉下有一双别眼。

● 2016 年 2 月 27 日

画之道，技遇不如神遇，神遇不如道遇。技遇者学而至也，神遇者养气而至也，道遇者得无所得也。吾之钢笔画，一年得一万二千幅，且世间所无，似为道遇也。道遇者无他，"悟无念法者万法尽通"也。世有定论"画人画虎难画骨"，吾画则反之，直出骨也。何哉？所现者事物之最后存在形式也。"我心不争有神遇，大器非工自天成"，此吾行也；"为了捍卫前进，必须拥有绝对的后退"，吾自诫也。

张德龙道兄：
传道授业解惑，平常之师而已。能引人直入事物本质而入道者，仙师也。

● 2016 年 3 月 1 日

花生一包误放久，疑不可食，置室外。山鸟四来，鸣
声噪耳。乌鸦两只黑而亮，抢先落地。乌鸦个大，喜
鹊十余只鼓噪于树，继而三五只下冲，乌鸦落荒。喜
鹊警觉争食，有冲下啄一粒即飞者，有猛啄二三粒即
飞者，有数只齐下互打者。更有精明喜鹊，落下即猛
食一粒，之后叼一粒藏稍远处，急复返再之。天下盛
宴，一时集于眼前。睹此乐，几疑己为鹊矣，真幸福！

咸言学长：

将"疑不可食"之花生让鸟们争食之，而观其"天上盛宴"乐哉幸哉，
或与环保相悖欤？哈哈，与大师开个玩笑！

刘以林：

人之所弃，鸟之所宝。食物可食与否，鸟一啄即知，分辨明了，几
通天地，非人之世间法所可测度也。

- 2016 年 3 月 10 日

山下见人伐大树，声嚇嚇然，心乐甚。机械臂先断树冠，哗然响然，大枝四落，继以电锯合之，木沫高扬，瞬间轰然倒地。大树横呈，继截之，吊车隆隆起，置车上也，心大爽。昔金圣叹看人锯木做桶，剧呼快哉，今方意会。人生世间，百忧感其心，万物劳其形，何有一时之无碍也？大树顶天立地，裂断轰响，此境锐意勃勃，忽然当前，真纯洁也，岂能不快？心快！

● 2016 年 3 月 13 日

雕者，思想之刃削其多也；塑者，精神之手补其少也。
雕塑极致，具象者罗丹是也，抽象者摩尔是也。极致
之外尚有极致乎？心知有也。三维彼岸，形体丰沛，
心源融通造化，一念可成。吾事雕塑二年，得6202件，
此间前无师，侧无伴，外无所寻，内无所念，世间诸
相尽现其中，件件疑非己出，识雕塑之道四也：天然、
超功力、精进、圆融。知此境者，即为知草根清寂之
智慧也，或启大匠之门，敬畏。

方佛平学长：
大师也，出自天成，
七七级的骄傲！

- 2016 年 3 月 25 日

天下真光明，非目见之日月星辰也，乃心也，念也，自明也。法国人卡昂德，即其证也。此人十二岁失明，今乃艺术家、法学家、心理学博士。吾赴法展览得遇此人，一见则觉温暖四围，此人内心快乐，几不可自守也，人无不受染之。其花数小时摸吾雕塑，又抚吾面，持细铜丝为吾写生肖像一幅，言："东方中国之艺术，何温暖明快如此耶？异于俗人言，善哉！"感动。

● 2016 年 3 月 27 日

老子言："夫唯不争，故天下莫能与之争"。不争之美，其极何也？"专气致柔，能婴儿乎"也。艺术之道，越此而无他也。今世艺术，瓶颈也，或言其境有四：一为大众誉之而业界鄙之，二为业界誉之而大众鄙之，三为大众与业界皆鄙之，四为大众与业界共誉之。此四境，吾辈尽在其中矣。群鹰四起，得道者方得其远。道者何？天然、超功力、精进、圆融。

春蓝灼人

● 2016 年 3 月 31 日

离山半月，归来如梦。去时冬色沉寂，归则山桃花漫山遍野矣，峻岭深壑，疑停春云。山屋前杏树亦醒，新花朵朵竞放，浓艳与往春同。吾立树前，正遇春风急急驰来，花舞风中，似有所缺，呈寂寞意。此何也？左右环觅，心知之矣，往年此时，花开时蜜蜂即来，今年花浓，却仅花也，风也，无蜜蜂也！吾不在山时蜜蜂亦不来耶？今吾回山，或蜜蜂亦当复至！

高宽众道兄：
我家的蜜蜂成群，送一群到贵山？

- 2016 年 4 月 4 日

山静昼深，出屋四望，见春蓝灼人，其色碧，远，靓，逼人若闪光利器；眼前花正艳，丽，新，惹目如出世仙子。高天无染，年年明镜知映我；春花有怀，岁岁大朵见故人。碧空，吾老友也；好花，吾老友也；我，老友之老友也。春暖三友际会，一十三载如此。古人云："人生待足何时足，未老得闲始是闲"，嘻，闲十三年，足十三年，今又也哉，老友兄弟好！

乔忠延学长：
与花为邻，幸福；
与花为友，高雅！

● 2016 年 4 月 8 日

西山壑中，有小犬声，初闻之，疑人携狗野游；第二
日复闻之，第三日夜起，闻其声仍在壑中，始觉有异。
知会山邻，山家聚众持灯，欲寻之，月黑山深，草莽
横呈，不可进。翌晨，山邻复入壑寻之，见山桃树上，
粗铁丝束一小黑狗颈，见人至，浑身颤抖不可止。山
邻悯而趋前，小心解之，狗得脱，几跌扑，穿山林而
逸。咄，此何人所为耶？生无敬畏，知因果乎？

支东生道兄：
此犬有幸，遇难知高声呐喊，
命得保矣。

- 2016 年 4 月 12 日

出我山，入大觉寺。寺中安宁，如深潭静水。甫见松柏数株，皆辽代古贤，岁千年矣，阅无数辈人。我睹树上纹，如先祖面上沟壑，温暖具弹性，有慈目善目气。吾言："我生也短，君生也长，岁月河上，心知千年前竟有一遇，何哉？"树言："吾根在土间，君根在云间，树世人世，两相合，寻常事耳，何怪之耶？"吾四顾，云在天上，风在空间，上下无别，心戚戚然。

● 2016 年 4 月 15 日

我山道中，大杨树高冠处，每冬叶尽，鹊巢即出，个个高悬，乌黑，惹眼，惊心，如巨星辰，如黑月亮，人见之，道心勃勃，若离尘念之船。忽一日春来，万枝出绿叶，叶深茂时，鹊巢即隐，无可见也，每此时，心则大怅然，如世间生别离。今见树上叶渐深，鹊巢皆将隐矣，不禁喟叹，默然作别云：高冠隐身处，别君如故人，亮风生高处，唯有此心知。

张德龙道兄：
王安石给您写了一首诗：
月入千江体不分，道人非复世间人；
钟山南北安禅地，香水他日供两身。

王安石也替我写了一首诗送给您：
不与物违真道广，每随缘起自禅深；
舌根已净谁能坏，足迹如空我得寻。

葱性敏锐，
易感天地妙变

- 2016 年 4 月 17 日

吾园中，去冬留葱一畦，春暖即自发也。葱性敏锐，易感天地妙变，泥土稍阳和，即率先得之，吾播葱籽于土，稍施水肥，亦自长也。今春坊间葱贵，人谑云："宜多食葱也，葱味熏人，即为土豪。"思之大笑。物之贵贱，起伏于世间也，非关山中事，山中泥土与葱，唯合于天，天暖则土暖，土暖则葱长，葱长则人得，人得则知又一年山中岁月高洁，春风雨水又惠人间矣！

转神留言:

好籽感地气，当春乃拔葱。
根根尖尖立，叶叶绿绿浓。
须须抓紧土，管管沐春风。
我播我收获，山人乐其中。

海男学长:

幸福者，安居青葱间。

- 2016 年 4 月 21 日

河北柏林禅寺，有史一千八百年矣。寺中住持明海，北大毕业，衲子风范，吾因与其法缘，参加寺中谷雨法会。甫入，即见僧尼千余众，心大惭愧，此皆舍下放下之人也！吾辈常言"一切有为法，如梦幻泡影"，此中妙理，唯眼前出家人知之也，吾辈口说知之，实非心知，行不足也；平时身在山林，自以为远尘嚣，实尘嚣未远也。今处此境，知修身革心，仍当紧急！

● 2016 年 4 月 25 日

暮春之山，生机四出，环顾视之，心气勃勃。或曰：此山可爬乎？可也，爬山用吾脚也；可读乎？可也，读山用吾目也；可悟乎？可也，悟山用吾心也。山居十三年，爬山如履平地，读山如读好书，悟山如悟禅理。今逢日暖，上下澄明，静对四山，忽感天地如镜，镜中之山非山，乃我也。吃一惊：天地已纳我乎？一念已如山乎？山我已成一乎？或如是，或语痴。

张德龙道兄：
能读山就是心与天地通，是心作佛祖，真如是；无痴不可爱，真语痴。"神明自得而圣心备焉"，吾之师！

胡里方家：
爬山？似足走平川。读山？似目语参禅。悟山？似山心定念。爱山？似血脉相掺。

- 2016 年 4 月 30 日

外出归山，百物旺长，藤上新茎，犹夺虚空。看其形，如初生少年；观其神，如世外仙子；思其理，如当下清净。此藤寻常物，合"四时行焉，百物生焉"之玄机，逢春则发，近夏则长，见我如如。其过去世乃山中老藤，与吾相交十三年矣；其未来世乃冬寒落叶，与吾当别雪满之时。然，妙哉新藤，不染过去，不显未来，嫩叶稚茎，当下婴孩，真得道也。受俺一揖！

过故人庄道兄：
观植而知形、神、理，而知人之本。
刘老师大家之语！

● 2016 年 5 月 4 日

山中晨起，阳光入室，忽见油画面上蠕动一虫，近视之，蝽也。此画新画，油彩未干，蝽坠其上，不可脱也。悲哉！蝽，小虫中罕见之冬眠者也，耐过漫长苦寒，逢春而醒，奔突欲出，却落死地，真可哀也。于是立救之，放山林中。巡查新画，又一蝽如此，其挣扎亦久，画上痕长数寸，足见其绝境求生印迹。亦立救之。呜呼，穷通生死之境，人有不知而如蝽者乎？

赵跟喜道兄:

蝽，半翅目昆虫，体小至中型体壁坚硬而体略扁平，刺吸式口器，着生于头的前端，不用时贴放在头胸的腹面。前胸背板发达，中胸有发达的小盾片。前翅基半部革质或角质，称为半鞘翅，一般分为革区、爪区和腹区三部分，有的种类有楔区。很多种类胸部腹面常有臭腺，可散发恶臭。

青藤自在

● 2016 年 5 月 8 日

立夏数日，青杏出矣。吾山居时有大杏一株，初见时
179 岁，今 192 岁矣。其时杏树已被掘失四边土，
伶仃若小孤岛，吾以山石圈之，甚忧其存活。不意
十三年来，旺盛如树中少年，逢春花怒放，立夏青果
长。今日山风明亮，又见新杏，心中喜悦又起，言：
"道义路上无炎凉，青杏面前无古今！"杏曰："初
夏风起，又见山人，爱吾佳树，馈君山珍！"青杏
之言更佳！

岛子学长：
此乃情义君子再世。

李双道兄：
青杏花，性羞涩，守规矩，讲纪律。

- 2016 年 5 月 14 日

空山新雨，其声沥沥；出门四望，山在云间；张伞徐行，人雨两忘。当此时也，唯闻雨声如天人读书声，恍若人近仙界；甫驻足，见眼前叶皆满雨珠，晶莹明丽，珠珠如水中仙子，俗心顿生清凉。人不移行，尘念四坠，雨光明照，如在悟中。古人云："静一分，慧一分；忙一分，愦一分。"人在此界，山在侧，草木长，雨丝飞，方知此为真感受也。幸甚此雨！

刘记方家：
山庄上您的一句话，让我离开了工地生涯，中央电视塔那段话让我走进这家公司坚持到现在，对于您来说。也许是无意中的谈吐，可却影响了我，可以说是影响一生。

来去翁道兄：
入山问樵，入水问渔，入诗入画入艺入仙问以林。君有好山，我有奇石，择日互动，互通有无。

● 2016 年 5 月 18 日

大风方过，持一卷书，踏青草，坐山林中。问斯时所见者何？唯目上青天也。斯时之天，在树木林梢之外，碧，蓝，远，空，寂寥，若先天地生者忽现于前，若独立而不改者正当吾面，若往世不朽情怀开通达之门。吾望其蓝，知为空也；吾思其空，见为蓝也。蓝与空为一者乎？一切即一、一即一切果如是乎？仰其蓝，身心如云丝，一时白光缭绕，我即非吾。

江航燕方家：

随喜赞叹。禅宗与密宗在特点上很相似，禅师讲顿悟，密宗依赖于转变意乐——观清净心，万法本清净，"众生心净故，得见清净刹"。昨晚供修"大圆满前行"，正好学到怎样观清净心。拙见，请赐教。

胡里方家：

见者自见，观者自叹。望着自望，思者自明。想者自想，念者自性。冥者自冥，悟者自开。

- 2016 年 5 月 28 日

初夏者，帅也；青藤者，兵也。帅驱其兵，夺我通木屋之路。出门五七日，归山见藤蔓四合，路狭不可入，夏气阳光地力真猛烈也！我之不在，青藤自在；设若吾离山不归，不消一月，青藤即封此路，吾之木屋，亦当为山禽小兽所居矣。天地演进，何曾一时有所滞！于是持利器断其藤，路复出，此时忽念：我在，万物必有所不在，此即吾所亏欠大地自然者也！

项纯文学长：

以林兄为文只是一任其人，入儒出道历佛皆不可以方之，而尤以佛道之心花放发儒硕之志果，殊胜万法滋味。人不能学其法而爱其法，敬之弥高，亲之弥远，而眼前心后，必有所会意者何，亲凡之人而异秉之文也。浩赞！

- **2016 年 6 月 3 日**

人生山居，领天趣最易。今日见一乌，于大壑中得食，作螺旋状盘飞，待与山顶平时，渐隐无迹。乌去天高，吾得仰望。斯时之天，有碧蓝，有白云，有高远，有寂兮寥兮，万般静好。我看此天，如前世长者坐宇宙底，其目明澈，其形无染，其神俊逸，似欲赐吾千言而终不发一语。噫，先哲"天何言哉"之慨即得于此耶？吾凭逝乌之引，得此仰望，真万物皆吉祥也。

雅芸方家:

天地不言，万物生焉。

- 2016 年 6 月 5 日

汉语新诗，自胡适《尝试集》始，至今百年矣。写家云集，或云将有好诗不朽于世者，吾不敢稍有苟同也。汉语古诗，格律也，其冶尽文言之"文"，亦汰尽口语之随意性，以薄示厚，道在书面语与口语之中缝，故成王者气象。然今日书面语演为白话，诗演为自由体，诗含白话之"白"而不知其弊，呈口语之直而不知其陋，愚痴如此，何有佳作可言耶？诗道修远，期大成者出。

- **2016年6月7日**

我山果木之花，其低调、不争、内敛者，以枣花为最。枣花一簇三五两朵，大者七八朵，恒避烂漫，五六月始发，且花淡黄而小，万般不显，人不注目，几疑其不存也。然山间虫皆知其发，人近树，即闻蜜蜂嗡嗡声，细视则见采花诸虫，其一为大黑蚂蚁，吮花与蜜蜂同，山风吹枝四扬，其亦不坠，为观中之小奇。今日高考，四方喧嚣，人近花，更觉其欲示我者多矣。

冯敬兰学长：

枣花有香气。我家从前住在人大会堂西的石碑胡同，院内一棵老枣树两人合抱。枣花虽不起眼，果实甜脆，一刮风就满院落枣。

- 2016 年 6 月 10 日

我山屋前老杏树，192 岁，年结杏数百斤，食之不尽，摘之不及，心无所措。或有友告曰："待杏花怒放时，不浇水，并曰：'树兄，少结些，吃不完。'"今岁吾于杏花前高呼数十声，滴水未灌，然杏树仍结实如初。树世间文明，人力非可及也。杏出于树，甘美飨世，吾不得而松鼠得，松鼠不得而归土，生灭在天，大道使然，非吾不惜物力也，或应不为之疚耶？心惑。

君子不器方家：
采熟杏五十枚，洗净去核，置于器皿内，放入冰糖二两，中度白酒十斤，酒没于杏，密封之，置阴凉处；百日取出，甘洌香甜，回味无穷也。

- **2016 年 6 月 13 日**

黎明，闻雨打土地之扑扑声。即起，张伞，持小凳，坐山雨中。我山近长城，处冀北，少雨，时虽仲夏，见雨仍甚喜。我周游世界至酷旱国以色列，偶雨，人皆不张伞行雨中，受甘霖也，今吾与此略同。斯时云压诸峰，雨所来处，即天上云故乡也。心喜忽念：吾亦一滴雨乎？曰是，吾正云下看雨；曰非，吾心清凉潮湿，似已在云上矣。一雨一我一念，真分毫间也。

树才道兄：

"吾亦一滴雨乎？"哈哈妙问，无答。一滴滴雨，遮了低空，得了天下。我在大理，却从 10 点开始，一直候机，飞机不敢飞，言北京大雨。一滴雨的天下，飞机不敢冒犯也。

松鼠动心，我生之殊遇也

● 2016 年 6 月 18 日

我山诸友，松鼠为其一也。松鼠四季长居此山，杏子
熟时，成群来取其核。吾观松鼠之为，见有杏落则捡；
无，则上树，咬杏啪啪坠地，复下树得之。松鼠取杏，
只取其核，其前两爪抱杏，坐地，嘴啃杏肉四飞，杏
核出矣，团团飞转其核，尽去残肉，方塞于口中；爪
湿，则于土上蹭之。松鼠一口，塞杏核竟达十枚之多，
两腮鼓鼓，真萌哒也。松鼠动心，我生之殊遇也。

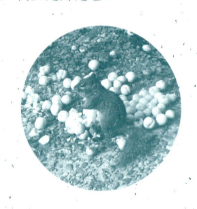

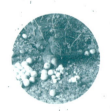

- 2016 年 6 月 23 日

山中画室忽进鼠，掐指算，大佬二，小仔六，啃啃响。吾画当为所破耶？心生一计，持大纸箱于地，填垃圾，略置食，鼠嗅之，啃一角入其中，以为宫殿矣。天明，吾堵其孔，持箱至户外，竭垃圾，鼠现，初瑟瑟，后蹿，复攀箱壁出，箭也似逃去。人常言"鼠窜"，今方见矣，其爪几不沾地，贴地若飞，其"窜"境，绝难见，大笑。室中尚余二鼠，仍当此法驱之。

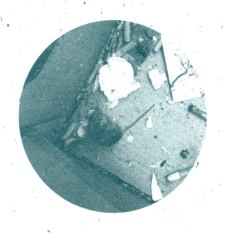

- **2016 年 6 月 25 日**

昨日，风热云湿，持锄下地，种瓜苗。今晨，黄瓜成焉，硕硕然大如小臂。问其速果如是耶？定非也，感觉是也。人在山中，日长似小年者有之，一月如一瞬者有之。斯时食黄瓜，看青山，听夏风，仍觉去冬瑞雪，飘而未尽。若问瓜味如何？曰：儿时村中瓜味也，大异都市中售者。何哉？吾园十数年不施化肥，皆农家肥，返朴也，归真也，近道也，故如是也。

来去翁道兄：
告别科学的化学式发疯，让生命与生活像以林兄和他的生物一样返璞归真！

向云方家：
世人皆被明日累，你却山中得瓜香！爽！

- 2016 年 6 月 30 日

大风过后，山色鲜亮，地上草丛中，忽见黄红恍惚，近视之，杏也。我山杏树，结实猛烈，人不能尽得时，松鼠全揽，杏落声响，松鼠即跳跃而至，鲜有囫囵杏存树下者。今大风摧急矣，杏满地矣，地闪光矣，松鼠二十余，见吾急闪躲。吾在杏前，知眼前灿烂非落樱满地，然更胜之：真乃远行赠我以辽阔，山居赐我以天真！非亲见，孰信山中有此昙花境耶？心动。

建平学长：

状眼前之景物，抒 " 远行赠我以辽阔，山居赐我以天真 " 之感慨，感受天地、大自然的眷顾且心存感激。如此心态，必然对一切努力都充满希望与信心。

● 2016 年 7 月 5 日

山云者，天地之游仙也，气寒隐迹，风暖亦稀，唯热夏高张时方来。吾对山云，每若见天人真面，今复如是。今晨雨过，气沉四野，山色高洁，云又来矣。吾观云形，如缕如烟；吾观云色，如雪如乳；吾观云目，其目如苍穹镜，我在镜中，形若云缕。心奇而问："何哉？"云曰："看云十年者，身可若云，君十三年矣。"吾闻此声，忽感寂兮寥兮，不知云与我孰实孰虚矣。

旺钦彭措法师：
行止如云谒，天光伴君归。
于吾心有戚戚焉，好文！

海男学长：
你的王国如此辽阔，羡慕，可以装下一生的幻境。

赵跟喜道兄：
云气久居此地，已是精灵，为千百万年之老居民也。非外来云游之气。故他山有寺，山间有云，早出晚栖，寺曰：云居寺！

暴雨，热风，浓雾……

万物升腾

- **2016 年 7 月 17 日**

外出数日归山，忽而物非。吾园中所种诸物，成种种老：黄瓜现秋风黄金色，豆角呈老翁佝偻形，水萝卜出高茎，韭菜则若山中茂草。吾立园中，心中出荒野声，乃思渊明兄语："田园将芜胡不归？"于是掘地，播新籽。诸劳作毕，坐大树下，去草帽，赤膊，赤脚，肤汗若露珠，殊异西装革履于都市中我者，心大快。山中之乐，若方外专属清凉气，非顺流红尘所可稍得也。

张其存道兄：

大道不器，刘老师种地的本领俺也是佩服的！

- 2016 年 7 月 26 日

特大雨将至，四方预警，有乡村官入山林中，呼曰："大雨连日，山土水饱，今大暴雨又将至，山或颓奔，夺人性命也，上官令，撤撤撤！"吾观四山，尽在热云中，人稍跺脚，即见云中水落，心念天难逆也。正犹豫时，不意山风忽起，天空云裂，复过一夜，蓝苍穹出矣，白云呈其上，地上晨光亦若闲梦，好！天雨不来，山鸟四飞，蝉鸣激越，吾重入定宁矣，心光明。

建平学长：

乡官语气迫促，足显情势危急；写四山所见大雨将至景象，用语几入化境；"不意"二字牵目移神，统领风后变化 。文约意丰，环环相扣，句短义明，形象跃然。好文章！

● 2016 年 7 月 31 日

山中大暑后，暴雨，热风，浓雾，种种天地力，万物
升腾。有嫩藤四，直占吾门前路，犹四小狗戏于通
途也，吾小心翼翼避之。其藤知我不伤不拒，直驱吾
门，似欲入室游。吾视之而嘻，日："来来，请！"吾
声出，藤来愈速。吾以笔置藤尖，夜隔，持尺量之，
藤进十一厘米，何其速也，似非生长，乃爬行也。吾
大开吾门，言："藤小弟，请！请！"心哂哂也。

张其存方家:

此藤尖亦良药也！割取藤尖处 20cm 藤茎晾干
取 30g，金毛狗脊 30g，年健 20g，地枫 20g
泡酒二公斤一周后饮用，治全身各种麻木疼痛，
此方甚妙，每试神效！

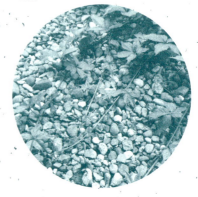

● 2016 年 8 月 14 日

昨日暮，山门欲闭，忽见地上有小物跳跃我后，若宠物之随人，青蛙状，掌灯视之，雏山雀也。此小童何坠巢也？肉食者夜出，危矣。乃掬之。其哑哑鸣，老山雀立破暮色而来，上下翻飞，几欲啄人，吾言："汝老爸来矣！"于是置雏大树权上，老山雀立近腻，声唧唧然。吾知安全境出矣，乃灭灯，闭山门，山归宁静。

jianping 学长：

以不足两百字之篇幅，在不经意间尽写两种真爱：一是人鸟之爱，一是老鸟与小鸟之爱。写人爱鸟，分五层：一是担心小鸟之安危（担心"肉食者夜出，危矣"）；二是抚爱并护鸟（"乃掬之"）；三是慰鸟（"汝老爸来矣"）；四是悉心护送小鸟（"置雏鸟树权上"，便于老鸟领回）；五是知小鸟已处安全之境，"乃灭灯，闭山门"，心安然。写鸟爱（或称：依赖、求助）人：小鸟"若宠物之随人"——一般而言，鸟不避人处即可足见此处有爱鸟之人之境；而小鸟离群后亦不避人"且若宠物之随人"，即表现了鸟愿与人近腻，更绝妙反衬了人之爱鸟。写老鸟之爱：闻小鸟"哑哑鸣"，老鸟误以为人欲伤其子，乃"上下翻飞，几欲啄人"；小鸟置树权后，老鸟"立近腻"。"声唧唧然"应为鸟父子别后重逢之笑语。两种爱，均为天性，均随文自然溢出，当然，突出表现了人爱鸟——推而广之，乃人爱万物、爱生活。读至"吾知安全境出矣，乃灭灯，闭山门，山归宁静"，读者之心久久未能平静。

- 2016 年 8 月 16 日

周尔若先生，长者也，行年九十，清澈无染，通透若往师，昨由学长大咖十余人相伴到山，吾面之，如仰天心月圆。周师视吾所造物，言："此无中生有之物也！"欲嘱我，言语滔滔之周师，忽语塞，闭目，面赤，泪欲出，吾惴扶周师臂，师久不言，竖拇指向天穹。吾心会，泪亦欲出。此乃先生加持于我也。寿者尊，复何言！

宗鄂学长：

昨日随艾若老师访好望山庄刘以林艺术工作室，瞻书画、雕塑数千件，目不暇接，甚为震撼。以林的艺术不仅是天才与勤奋的结晶，更巫性十足。他非科班出身，艾若师称其为"无中生有""以心为师"，非常准确。此令众多专业人士望尘莫及。以林将无形的观念、哲思、禅意转化为可视可触的神奇的形象，融童趣理趣与大爱于一体，令人为之倾倒。因此他在法国的艺术展览大受欢迎并延期至年底，实在可喜可贺！

- 2016 年 8 月 20 日

吾山种玉米，每熟时，野獾即来。獾重二十余斤，仰望玉米秆，骑上，秆倒，得食玉米，今年又然。玉米熟，吾初享，獾复来，哔哔然攻玉米，吾居高望之，未加阻也。玉米为美洲物，到吾国近五百年，到吾山十三年，人兽皆得，非必人尽得也。獾食去，吾近见秆立秆伏，若山林之舞，心戚戚然：原野充沛盎然，此我福也。

张其存道兄：
刘老师慈悲，此獾幸甚！若遇顽劣粗人设套诱捕之，食其肉、炼其油、皮为裘，毛制笔，并牛理曰：尔窃我粟，我啖尔肉，此獾悲哉！

● 2016 年 8 月 24 日

粘板置地，尘发粘之；松鼠好奇，门外趑窥；乘我
不备，入门试奇，踏之，粘，不可脱，大挣扎。吾闻
声至，言："小子，知股市之言乎？入室有危险，入
室需谨慎。"松鼠望我，目光明亮，若山林之祈求也。
心叹："真英俊健硕小子也！"乃持之门外，助脱之。
松鼠离羁，一跃而入绿草丛中。吾视其草，寂静四合，
若无事也。

蒋维扬学长：
盎然生趣，童心撩人。

- 2016 年 8 月 28 日

山栗渐熟。人间识栗，二千五百年矣，其栗甘香，其叶饲蚕，其树悦目。诗经云："山有佳卉，侯栗侯梅"。吾每候栗于山，常疑身在古时，故每絮叨："吾故乡无栗，疑栗生如枣，今知生刺囊中也，吾今人也。"每常自笑，每自笑时，其笑如镜，映我仰望影：栗华满枝，快意勃勃，吾立树下，如独对满树星辰。

建平学长：

思接千载，心游万仞；恍自身于古今，
视毛栗如星辰。

● 2016 年 9 月 1 日

我山秋高，牵牛花开。此花性寒，美丽，纤弱，若寒
菊之孤妹，何称牵牛耶？旁查史料，不得确解。吾每
见此花，辄若闻山间变化微妙之歌：此花称"朝颜"，
朝开而夕灭，旭日明，花全开，立身旁观，若百花起
身迎我；已而日午，诸花缩身，渐成一茎，花魂散尽，
明白复来。人在花前，若精神之牛被青茎所牵，不可
脱也。戚戚。

老一夫道兄:

牵牛花者，状若喇叭，而不闻其声。果无声耶？曰：大音希声。凡
人不闻其声，闻之者非凡之人也。

周依朋道兄:

牵牛花者，又谓喇叭花也。喇叭者，作声响也。聋者，莫闻其声；
聪者，知其音也。有知音者作文赞之，赞之亦若喇叭也。喇叭声声
于微信之中，振寰宇宙，遍布虚空，十方世界，得闻此声，皆大欢喜，
余音绕绕。噫！万物一体，道在其中也，余闻之，见之，亦在其中
也。不知花为人也，亦不知人为花也。故曰：花即是人，人即是花，
世界大同也！

- 2016 年 9 月 4 日

山中蚊多，点香驱之，蚊香一盘为二，分之易断，甚难。细读说明，比照行之，断者仍半，无可奈。逢高人来，指其使用说明，嗤笑之："造蚊香者，智慧未全也，此蚊香，毋须分开，燃一支，殆尽，另一支自出。"吾心甚疑，试之，果如是也。噫，吾辈不知其理，可也；制造者不知其理，无乃太懵乎？心狐狐难究竟。

张其存道兄：

得智者一技，岂止蚊香离分之妙，
可断诸多纠缠之人事物理。

- 2016 年 9 月 11 日

坐看云起。云如何起？我山之中，斯时天雨过，地氤
氲，水濛林迷，空中湿气，呼之欲滴，对面云起矣：
初自深壑起浓浓雾，渐成大团，渐起，渐白光射人，
渐攀山崖浮上，柔媚千般，亦渐成大缕，横成阵，云
成矣！吾对此云，心亦如云水四溢。吾辈俯仰山林，
消遣世虑，物外之情，或以得云起之境为最耶？真无
碍门也哉！

项纯文学长：

唐皎然诗曰："有形不累物，无迹去随风。
莫怪长相逐，飘然与我同。"与兄之"俯
仰山林，消遣世虑"为千年同调知己。
好境，俱在云起云成也。

● 2016 年 9 月 12 日

天地之间，无翅而悬于空中者，惟蜘蛛耶？今见一蜘
蛛，大若螳螂，硕硕然，结双网于空，相距甚近，其
一巨大，另一甚小。大网捕猎，有飞物触网，立扑之，
食后，猎物壳皆挂之于小网，有"马悬敌首"之感，甚
奇。且此蜘蛛昼夜恒守网，吾围观三日，日午曝晒，
或山雨骤来，皆不隐。此为蜘蛛世界之英雄贵胄否？
未可知。

杨毅达方家：
将一只小小的蜘蛛写得如此之精湛！

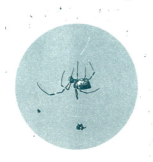

秋气夺人，

爬山虎又红矣

- 2016 年 9 月 14 日

雁来红，红蘑虎，何物？苋菜也。苋菜产于中国，今遍世，吾山居种之十余载，未尝见剧红如此者。今岁种一畦，心怠，未常截，忽而旺长，高 2.5 米，生猛烈花，红艳夺人心魂，吾睹之惊不能言。人皆知"红杏枝头春意闹"，熟知春闹越夏越秋直到此花？此闹只应春上有，不意一念覆秋光；红杏红苋红极色，惊心动魄自如如。

孤独浪学长：
极像圣诞树，色泽浪漫，给中秋佳节平添祥和气氛。

● 2016 年 9 月 17 日

吾山种葡萄一株，结实酸涩。山中高寒，每冬必培土
埋之，非则冻毙。四年前寒急，未及培，果枯毙。春
至，自根下出新株，如此二年。去冬高寒，葡萄仍壮
硕，今年旺长，结实二串，色淀，甘甜不可言，胜于
市卖之所有葡萄者。心大奇，随缘之美，一至如此耶？
葡萄之因果，吾辈亦不可知耶？万物玄妙，天地赐我
者多矣！

杨毅达方家：
采天地之甘露，吸日月之精华，故粒粒珍珠。

- 2016 年 9 月 20 日

晨，闻室中有翅羽声，视之，鸽也。徐掬之，眼圆，明亮，神采四射，大动我心。鸽，吉祥鸟也，伴人已逾数千年矣，性智慧忠纯，对饲养者，强记不忘，不论身处何地，必永回故乡。眼前之鸽，亦当如此也。且有脚标 137247，必是急回故乡之鸟。于是急擎室外，鸽初不去，久之乃去，鸽入青天，似入远方鸽主期待之目光也。

南溪学长:

飞入此山欲寻道，怎奈脚系锁情标。

● **2016 年 9 月 29 日**

秋之清寂，倏然到山。晨起，见四围现清冽气，树网上之大蜘蛛，二十余昼夜在彼，今忽不见；地上喧嚣之飞虫，无一振羽者。太阳光现炉火相，而此前避炽唯恐不及。古人云"寒暄一时隔"，诚斯言哉！吾坐阳光下，心念：此乃坐暖阳下，非坐骄阳下也，秋深，寂寥，高远，秋无涯也，吾生有涯，复知之矣，复知之矣！

赵跟喜道兄：

"秋气堪悲未必然，轻寒正是可人天。"
深秋莲花山，所谓秋气是也！

- 2016 年 10 月 5 日

眼前红，非火非花，山楂也；眼前莹，非珠非玉，雨
滴也。吾山居种山楂一株，果树分"大小年"，然此树
年年红实满枝，十余年如是；且每逢秋高，冷雨时至，
红果即必与天水相遇，呈瞬间景，此时山楂为常住，
雨滴为过客，我为看见人。此为：来者如斯夫，逝者
如斯夫，见者如斯夫。造物主之光，于此现昙花境。
善哉！

来去翁道兄：

盖将自其变者而观之，则天地曾不能以
一瞬；自其不变者而观之，则物与我皆
无尽也。山庄何尝不是一株山楂，挂满
灵性诱人的以林！

● 2016 年 10 月 16 日

秋风漫山，百实日熟，吾园冬瓜亦然。冬瓜源于中国，

迄今盎然。吾所种不过九株，初得其苗，长仅盈寸，

又见地上土，黄澄澄似犹未醒，然已心知冬瓜瞬间必

大如斗也。今临园一望，正如所念，硕硕然十五大枚，

体健形张，如帅男靓女，哂哂然吾自言：一念种瓜，

其苗得土，土纳云水，力透藤花，因果相循，岂有

他哉！

建平学长：

文首概说冬瓜亦秋熟之收获，导出种瓜事，次言种瓜及收获之信念，

再言丰收景状并以自语道出终如所念之因果，文短意永，妙文。见

地上土似犹未醒，妙思。冬瓜长成，硕硕然，体健形张，如帅男靓女，

妙语。又：冬瓜，本为普通物，然而，若见文中所言、照片所示"硕

硕然，体健形张"者，莫言亲手栽种者必有收成之喜悦，他人亦无

不悦目爽心也！

- 2016 年 10 月 22 日

秋气夺人，爬山虎又红矣！心念："人之肤下，其血为红，叶之肤下亦然，眼前事即如是也。叶非叶，亦人也！"我初居山时，种爬山虎皆小若一指，今皆粗若巨杯，长数十米，相对十三载，每见此红，辄若对世外山人，心戚戚然。古人云："水令人空，雪令人旷。"红叶令人何？山中此刻，人叶相视，默不能对。

海男学长：

我喜欢的颜色，也是地球人战胜妖邪之色，也是你领地上喜庆喷发之色。

- 2016 年 10 月 28 日

昨夜西风，凋我山楂树，亦凋我枣树，栏上红叶亦凋，山桃冠亦凋，大凡凛冽可夺者，尽凋减之。夜听寒雨袭窗，俄尔风至，山中四围似起剪刀声，天上云东南行，亦有云轮声可闻，心悟"秋气者刑官也"，不妄也！今晨起，山寒林肃，风动杆上旗，亦动吾上行之目光。秋将空矣！因空而得实者谁？夫唯实终不可得耶？三叹。

jianping 学长：

西风尽扫老残叶，春雨洒来花果鲜。
待到明年夏秋日，满山绿透红更妍。

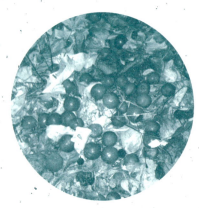

- 2016 年 11 月 7 日

立冬之日，林寒涧肃。夜出户，闻天穹有微尘下落声，此"月落乌啼霜满天"乎？伸手欲接，不可得也。晨起，见地上银光闪烁，霜也，草叶小枝，皆染其白，色凛冽，寂寥哉！霜覆我山，雪之小兄来也！吾行其上，如踏往昔初冬梦，实则脚下即初冬也。往昔者，今乎？今者，往昔乎？白霜斯时，物我今昔，皆无别也，好！

项纯文学长语:

果见地上霜，此冬之形色也。物我无别，来今往昔，此大师行谊也。对看晓斯兄短裤单衫，国之大不知其几千里也。于斯之世，好劫相遇于万千历运，好文常伴于闾里之群，且行且珍惜焉。@刘以林 早安!

● 2016 年 11 月 12 日

山楂者，东方之树也，中国发源之，性酸甘微温，入中药，降血压血脂，亦抗癌骁将，品佳不可言；若制糖葫芦，小儿望之口水出矣。山楂树亦吾良伴，初不知也，信手种一株，不意无施水肥，年年爆发果实，十三年无一例外者，今又如是，心大感动，戏言："五六月间出白花，十三年间没管它，红果滞冠成兄弟，今日赐名刘山楂。"心大爽而得其果，喜洋洋。

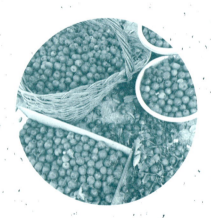

乔忠延学长言：
你在诗中刘山楂，我在家中流口水。
若要口水不再流，解铃还需山楂刘。

- 2016 年 11 月 30 日

大风竟日，愈夜，风忽止，地上叶千片万片相连，如山中锦。吾观此叶，其飘如云，然未去也；其轻如尘，然未隐也；其静如寂寥，然未散也。此乃风止而落乎？盟约而显乎？誓志而守乎？人言万物可以为师，山中叶亦然：万片覆地，过去暖不可得，未来寒不可得，现在树枝树冠不可得，当下示现而成极致，此非吾师而何？好！

红太阳方家：

一叶归尘面菩提，万叶扑地觅慧根。
老树挺立栖神鸟（鸦），红狐落尘已成精。

吾有幸得处寒中，证天人合一境也。

- 2016 年 12 月 1 日

  仰望之美，蓝天寒枝。天之蓝，无云，无尘，苍穹如洗也；枝之寒，无牵，无挂，清寂无碍也。季节小雪，四山如寝，当此时也，非踏萧索仰望，如洗清寂何可入此心耶？寒冬造化，忽为个中"师造化"之一者，虽自知己浊，然处高蹈无染之境，得心源之径仍有所现也。吾何思哉？何言哉？何为哉？惟仰望高处，伫立而已矣！

海男学长：
天蓝蓝，犹如你的日常生活。

● 2016 年 12 月 7 日

大雪无雪，唯见清寒。清寒者何？晨起见山墨黑，星辰在目，四望空空，一也；继而东方红，地上霜白，踏地吱吱，二也；缘山径行，荒草蓬勃，无一言与我者，三也；一鹊过涧，羽毛白黑，隐山林中，四也；登山顶，吐气自现，瞬间无迹，五也；回眸内视，自心无染，得山镜映，六也；启笔欲记，清不可得，惟寒在侧，七也。

姜诗元道兄：
想起小时候有关农村妇女的民歌：
鸡叫一遍头上光，
鸡叫二遍早饭香，
鸡叫三遍三担水，
鸡叫四遍四趟秧。

项纯文学长：
"城中心思渐无芒"，兄居山间，非独能免俗，圣贤灯盏长明故也。佛之最后的遗教言："你们要以自己为灯明。"兄实已证此果。

- 2016 年 12 月 23 日

山居既久，心多契山林中事。前数日入龙山，见寒枝高处，有蜂巢大如鹊巢者，心不可忘。蜂之比鹊，形体如鹊之一毛，大风起时，飞扬当如尘埃，果可筑巢于高天处乎？然其巢当顶，目不可避，其形巨，其气俊，其势夺山林之魂。古人云，"立身不高一步立，如尘里振衣"，此蜂群之谓耶？万物可为吾师，蜂巢亦如是也！

周依朋道兄：

予阅兄之微信，知山林有大蜂巢。阅文击图，逐一观之。乎乎然，果如是也。赞曰：奇哉，壮哉。遥想在下孩童之时，呼朋唤友，集竹竿数枝，麻绳捆扎，结成巨杆，高高举起，遍寻马蜂之踪迹，见之即捅，捅而坠地，马蜂嗡嗡追之，予即率众小儿郎，狼奔豕突，四散逃去。稍事片刻，又折回，马蜂不知去向，捡拾蜂巢，纳入囊中。再觅别处，入猪圈，登高台，攀大树，潜壕沟，所过之处，马蜂无不嗡嗡大作。今见图中之蜂巢，喟然失笑：呔！待某家吃了返老还童金丹，捅你下来！

● 2016 年 12 月 25 日

外出归山，见大风吹跌石浮雕，心惜惜哉长叹："红尘相挟上山少，大风碎我石上宝！"又见水管冻裂，落水成冰，急寻钳攻修之，叹："天地怒寒裂吾管，寒水飞下成寒雪！"怅然环顾，四山寂寥。人悟天者何？三也：畏天、知天、应天。不畏时序骤递，不知风劲寒紧，应对无措，则碎裂俱至，器物如此，况人身乎？

张晓燕方家：

《山居王偶遇》：
归山山依旧，观物物已非。
天寒水管裂，地冻石雕毁。
时序骤递变，清水挂冰心。
善哉壮哉兮，仁兄悟长慧。

- 2016 年 12 月 28 日

风寒云散，得清寂境。无染心下，问掌中雕塑忽重千公斤，硕硕然垒立目前，比何耶？譬若蛋壳中鸡，忽巨如此，人望之，瞠目不可言也。北京麦圣石之张德龙道兄，邀我扩掌中物成六米物，今成矣，吾默然对之，心苍茫，念：君壮矣，大矣，高矣，青天之下，行证大道，你我，兄弟也，彼岸也，时间上游与下游也，此缘当恒在！

● 2017 年 1 月 2 日

冬深山寒，诸物瑟缩，然枝上酸枣灼灼然。酸枣有健
脾止滞之功效，原产中国，乃我山土著，其祖或先于
人类祖。吾初居山时，见其碎花如梦，结实密而灿烂，
食之酸甘，取之不尽。至冬深时，诸果竭而枣如故，
大风高寒不可撼，人近之，如见晴空灯，心烁烁然。
诸果食于口，酸枣亦然，然更食于目也，此真山之小
魂魄也！

乔忠延学长：
果小而实繁，株小而密集，多年沉寂，
遇君赏识，乃知音，乃幸事！

- 2017 年 1 月 9 日

寒山风高，云尽去，举清茶映日，忽见"不轻夺"《茶之六度》，不胜感慨：昔福建大红袍茶掌门人来，求绘：布施、持戒、忍辱、精进、禅定、智慧。其文高蹈有世外境，为明海撰，心大异，精绘之。吾往访世外高人二十年，明海为最年轻者，然通达无我相，北大出家，有庄严气，世所罕，为吾视世之坐标者一也。今七年矣！

- ● 2017 年 1 月 18 日

寒冬锐晴，阳光示暖。然入我山辄见满地雪，入室更

如入冰窖然。多有友瑟缩问疑：何不设暖器耶？吾言：

昔老庄释迦之时，人与天地通，遇寒处寒，遇热处热；

今则反之，寒则暖气，热则空调，与先圣境远矣。吾

有幸得处寒中，证天人合一境也；心契时，衣不加多

而身不寒，神骨明澈，妙难言也。友讪笑，吾亦然，

呵呵。

建平学长：

蓝天悬丽日，京中亦鲜有。
雪地一行印，归人未出游。
灵感忽忽现，山居忙佳构。
深冬未觉冷，心契道与佛。

- 2017 年 1 月 21 日

大寒后，大风急起，四山回响，此听林涛之佳时也。于是入西壑中。踏腐叶几齐膝，飞脚踢之，叶飞风上，如百鸟远去，真爽目也。择好处站定，听大风来，先远后近，忽而掠我面，寒哉！嗣山林响，如千百大铁铣划地，唰唰然，隆隆然，山林巨石皆似起根欲去，真红尘外靓境也！吾生何幸，得听此天地融会声？惭愧，文以永志！

禾平道兄言：

听山风呼啸，观林涛涌动，不亦快哉！吾言：风吹鼻涕出，以袖抹之，如里巷乞者，不亦快哉！大风吹枝击面，我呸，不亦快哉！见鹊在大风中逆飞不进，屈弯入林中，不亦快哉！见日西，腹饥咕咕然，入奔食，不亦快哉！

● 2017 年 1 月 24 日

寒山残照将熄，吾面向西，独读此天地玄妙境：当斯

时也，无云，无尘，无人，无飞鸟，大凡碍眼障目者，

尽归于无，乌蓝空中大星辰一枚，下有无际天，再下

则红黄，亦黄红，白靛，凛冽不可触，似触则玉碎，

大远遥遥，而面前吾与山则尽墨黑矣，若吾亦无矣，

吾果无乎？人言寒山余晖为瑞雪外冬之最胜境者，今

复又信！

赵山林学长留言：

之一：

天容天籁涵天趣，

山雪山风好弟兄。

凡事随缘皆自得，

是真达者乐无穷。

之二：

抟得青铜吟得诗，

提得扳手上得梯。

心与口应说便做，

是真才子不矜持。

- 2017 年 1 月 26 日

春联者，中国之精神事，显大道运行，一元之复始，除夕也！吾山居亦然。今年联曰"大匠远造作，真佛说家常""形修则慧显，本立而道生"等，凡十余副，皆易解也，惟"往世十方明造化，今生九维通心源"为私心写意，言吾所遇雕塑建筑种种境，皆天地造化，非我所创也，仅心源相通耳。联为心声，夫惟春节吉祥！

旺钦彭措法师：
行修慧显昭昭心目诸相无睹
本生道立奕奕色尘义理难分

● 2017 年 1 月 28 日

大年初一，金鸡大吉。鸡乃"德禽"，伴人四千余年矣。吾儿时乡居，每闻鸡啼及下蛋声，辄念若天地无鸡，人世将何以堪？鸡为环世所亲，然东方最具祥瑞意，生肖中国，每十二人有其一：吾念其祥瑞之最，非啼非冠、非爪非羽、非蛋非身，乃抽象如星辰日暖之美，眼视之得靓丽，心见得光明，此等鸡，方为我东方昂扬之鸡也！

乔忠延学长言：
所言极是，鸡冠为文德，鸡爪为武德，鸡斗为勇德，鸡让食为仁德，鸡打鸣为信德，五德之禽也！

- 2017年2月15日

荒枝、山草、野藤，皆秘含广用也。吾初居山时，用以制灯罩。有友笑曰："此散漫无功之事耳，不经年，皆当坏。"吾笑而未言。今十三年矣，山内山外，变化无计，然我所制灯罩，仍气象如新，草亦如昨日新折。今坐视之，几疑十三年未过也，所谓"山中一日世中千年"者，吾手制之灯罩亦为证耶？自哂哂，小呵呵。

沧海道兄：

以林高居山庄，天高风清，月近星明，生灵得趣，花木生情，所记短文，生机盎然，可集出书了，届时送吾一本！

项纯文学长：

山中之物，自生之皆裂灭，手惠之而得永，十三年一瞬尔也。生之之德，虽散漫无功，其实道功也。群中读微，屡知以林兄山居自然朴陋，城居久后，已如隔对华山，难企磴阶累苦也。此亦李自成饺子、太祖红烧肉之别也，所谓各嗜其好，久焉成习也。城因而羡山，以林兄其仙佛农圃之居。

● 2017 年 2 月 23 日

去冬草，今春雪，寂静山。寒天无雪，焦褐甚，虽高冷，亦常念"农夫心里如烫煮"句，盖草木干旱，心不安也，吾山居既久，心系草木胜于都市。忽大雪来，厚半盈尺，喜不自胜，化塌之时，枯草出矣，吾见其草，纤弱细小身，寂静不染，且处银雪上，如古圣贤所遣之小使者，其使命，在洁吾山居者之心耶？当如是！

项纯文学长：

读以林兄山居文，每多苏文之叹，今则有读柳文之寒峻圣净之感。有以农夫心内如汤煮谓寒天无雪之忧乎？有谓枯草为古圣贤所遣之小使者乎？皆禅儒化骨之思也。刘山何幸，得亲炙以林！代燃心烛：生不愿封万户侯，愿作刘山草木枯。老项于亳州

旺钦彭措法师：

美哉！"以天地为大炉，以造化为大冶，恶乎往而不可哉！成然寐，蘧然觉。"当如是！

赵跟喜：

众人纷纷说大雪，大雪来时声渐歇。先是雪花似游魂，顷刻蝶阵失婉约。谁人凭窗怅苍茫，谁云上天心急切。君若有兴且煮茶，茶熟万径人踪灭。古语瑞雪兆丰年，珍珠如土金如铁。言罢再说无常事，时光窘迫无闲月。
（赵跟喜道兄前日咏雪，古风明亮，读之难忘，今一转）

- 2017 年 2 月 25 日

吾于山中掘坡，成一窖，名之曰"吾库"，严冬之时，菜储其中，食则取之。吾菜味美，与儿时村中白菜同，盖山中地，十余年无化肥也。吾每取菜，自山径入窖中，即自山寂静入窖寂静，窖中四壁无声，寂寂如太古，唯天光自小门入，照亮棵棵白菜，吾分检之，真若混沌初开时造物主之造人也。一山隔尘，一窖处山，真世外也！

赵跟喜道兄：

"吾库"二字与安阳高陵曹阿瞒墓中石牌字迹相同，不由得想入非非！"吾库"有"建安文学"味儿！

冷会冰道兄：

《周礼》载农桑事者十二，"树艺""作材""阜藩""敛材"，刘师兼之四五！事农桑，读经史，历东西，察人情，内心有江河，笔底有波澜，刘师真至人也。

吾库

- 2017 年 2 月 28 日

二月底，山雪未融；雪上林中，有艳丽夺目者，人皆
以为梅。来者诗云：以林山中二月梅，卧雪映日闹寒
春。吾大笑：此花实非花也，乃果实也，此果生灌木，
小、密、金黄，冬寒气燥，皮裂，内出实红如钻石，
大风高寒不减其色，亦不落，折而插瓶中，五年其色
如新。人叹：山果艳如花，以林真爱它；三问不知名，
见者生隐心！

小贾方家：

南蛇藤：别名合欢花、穿山龙、蔓性落霜红等。功效：祛风湿、活血脉，
治筋骨疼痛，四肢麻木。药味：辛、苦。

jianping 学长：

无名野果赋：雪上一抹景，遥望似梅红；近前细打量，野果摇寒风。
外形似龙眼，其色如金灿；风干壳开张，籽红粒粒现。红籽如花蕊，
黄壳似花瓣；一果一朵花，俨然不虚传。但怜实可爱，折枝插瓶观；
虽无梅花香，胜梅耐久旱；数年如一日，其色如初艳。此果生何树，
枝干略难辨；丛生似灌木，猥獕貌不显。此果何所称？尚未知其名。
感此暗思忖，心绪如水平。世间有万物，不必皆有名。校长敢错读，
专家能误诊……名彰负效应，比比不罗珍。但有德馨者，其行足堪称：
路见不平拔刀助，水底救人敢破冰；事毕悄然去，不留名和姓。世
态人情既如此，果木名称何须问。心羡野山无名果，伴得游人一欢欣。

- **2017 年 3 月 2 日**

阳光猛烈，风正自东方来。至山下好望湖，枯草满地，吾影与我同在。斯时天高，山褐，大风激荡，湖面寒冰融半，春水波浪绵绵，心感慨甚，惟默念"春风不改旧时波"句而已，去者未去，来者已来，去者来者，俱未去未来也，此中真意何人可会！眼前湖，春水，碧波，冰，山，我，东风，古人句，心念，皆梦境乎？

跟喜道兄：
春水泠泠心生怜，怜罢神思竟欣然！
以林欣然却为何，满目青天莲花山！

智者说道兄：
浑朴自然寂寥心，跃入空境不染尘。
放下凡尘诸般事，时空转瞬变无垠。

● 2017 年 3 月 7 日

慧能诞日，风和山明。慧能唐朝人，若长驻世，1379 岁矣。然其肉身存世，精神存世，二者同存千年者，世无双矣。慧能文盲，24 岁忽成禅宗六祖，影响中国千余年，其法要之一乃为顿悟，言："迷闻经累劫，悟则刹那间。"顿悟之门，真实不虚，此通天地心源之要径，经慧能而行于世，真人间之幸也。山中天高，合掌顶礼！

那琪方家：

前天重诵《六祖坛经》，感觉太好了！
以前看不太懂，现在再看，见地高远，
皆是究竟了义，令人醍醐灌顶，真是东
方古佛啊。

- 2017 年 3 月 10 日

三月鹊巢，其形圆，其色黑，其韵独，其神醒观者心。逢今日风高，地无尘土，吾踏山径出，林下树下，仰望皆见鹊巢。巢者，居所也，一则足，两则余，何如此多耶？心有此问十余年矣，未得解也。吾辈心积傲慢，常以读万卷书行万里路自负，实何知也？吾栖于土，鹊栖于木，土与木，鸿隔也，两岸也，之吾人，又何知！

老汪长者:
巢，家也。悬于空，寓意深也。

● 2017 年 3 月 12 日

昨夜大风，折我旗索。山居十三年，旗索数折，初折时，人议有搭脚手架者，有欲请消防队者，逢一山西小伙，言："易耳。"持索攀杆，矫若猿猱，瞬间而成。今掐指算，世人有旗杆若我者，可九千人，年有三千折断，维修此业，不亦妙乎？不知猿猱何处矣！怅然云：物理横呈出小难，一声易耳成金言，旗索断时每思贤！

牛泽霞方家：
你这旗杆了的！如同孙悟空的金箍棒！

- 2017 年 3 月 13 日

山桃花又开矣，来何速也！吾曾雪中念古人诗：冬天
更筹尽，春附冬柄回；寒暄一夜隔，客鬓两年催。不
意一夜之隔，果然寒尽而暄至。或问山居十三年长否？
否，瞬间也，甫一闭目，落雪矣；甫一开目，花开矣。
然视一雪落地，数月也；视一花开，数年也。世中时
非山中时，山中时非心中时，眼前花，心念之信使也，
一揖！

贝奇学长：
冰清玉洁，美丽非凡。

● 2017 年 3 月 19 日

行者与飞者巢，二种：有盖者与无盖者。有盖者为久
居室，如人之屋与鹊之巢；无盖者为繁衍后代用，一
年一弃。山雀巢即一年一弃。其巢高约十厘米，宽七
厘米，深六厘米，外大叶草，内细密绵软。我山陋室
"寂寞角"外有数巢。今山桃花漫山，然无一丝绿色，
于斯境看巢，真心亮也！天地造化，真意现前，欲辩
忘言。

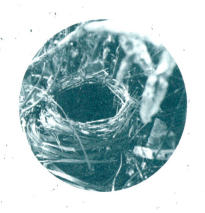

海男学长：

神灵之巢！！！

雪白、云白、花白

- 2017 年 3 月 24 日

我山有三白：雪白、云白、花白。吾曾问一隐士：三白可相会乎？隐士言："雪与花会，二十年；雪云花三者会，百年。"今东风三月，山桃花漫山，天空忽飘大雪，见花在雪中，雪在山中，山在云中，天地四方，澄明闪耀，如我一梦。噫，百年之期，吾所用仅十三年耳！此天赐机缘耶？山中岁长耶？逢清净心自现耶？

冯耕怀道兄：
仙人、仙境、仙气；好望山庄有百年难遇的三白之乐，刘老师佛缘福缘天意也！

菩提心方家：
桃花傲雪，不畏春寒；
隐士修道，不畏路远！
天地一色，乃君心境；
人物交融，无色之色。

- 2017 年 3 月 29 日

寂静谓何？曰山无声、天湛蓝，曰林满四围、前后左右无人声，曰鸟鸣自由起、松鼠跃上大白石，曰脚下新草已生、湖水明亮，曰红尘远、心醒难得，曰遥见道通为一、天人合一为真，曰时间变大单元、白昼过隙、月挂西岭如梦，曰念古人红烛映眼前影。曰此时此刻山中十三年又见山桃花开。曰山中寂静果然真实不虚。

旺钦彭措法师:

梦醒心常寂，春来花自知。

妙哉！

- 2017 年 4 月 5 日

"鸟鸣花落"之境，可期而难遇也。山中久居，每四月初可遇之。时东风初歇，鸟鸣如玉珠坠盘，环望山林，不见鸟也。杏花无声自坠，树下白亮如雪，即便绯红于枝者，落地亦呈白色。以手掬花，清凉柔软不可言，人对之，心如明璧。斯时啼声在耳，落缨在目，馨香在鼻，寂静在山，空灵在意，此"五在"，即鸟鸣花落全境也。

赵跟喜道兄:
春来暖气吹，莲花多熹微，万树红玉片，坠地化神奇！
鸟鸣花落之境，境由心造。刘师"五在"，实大自在。

胡里方家:
花之花海花之伴，杏花树下雨花瓣。
人之自然情难半，情花相拥自然扮。

耕者夏方家:
刘老师，五在山人也！

● 2017 年 4 月 8 日

空中振羽声，嗡然而怡人者，惟蜜蜂是也。我山蜜蜂，春花开即来，今樱桃花正旺，晨起即闻嗡嗡声，近视之，花色如雪，蜜蜂结阵，花似非为樱桃而开，乃为蜜蜂而开。蜜蜂何来？未可知，山内外周遭几十里不见蜂巢，竟何来？此花所知，吾不知也；我所知者，惟眼前蜜蜂飞若小仙子，蜜蜂文明，与春花绵绵相无尽也。

花山道兄：

樱花开似雪，蜜蜂结阵来。
因缘自有意，绵绵相无期。

● 2017 年 4 月 12 日

晨起，持镰割韭菜。四山寂寂，刃与韭茎相遇之咪咪声，若泥土啼哝，真心快哉！我山属燕山脉，气寒，四月始春暖，而迎暖旺出者，唯韭菜也。吾种韭菜二畦，每秋最后熄绿色，每春最早出绿色，如是者十三年矣。泥土之上，吾同送秋而迎春者谁？韭菜也；同送冬而迎春者谁？韭菜也。韭菜者，绿信士也，真君子也，如是者也！

张蕾方家:

青韭菜羊角葱，农家熬过香油灯！
田园不负勤快人，旱涝丰收乐其中！

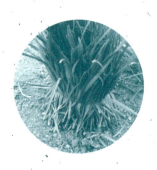

又见青樱桃，心动

- **2017 年 4 月 18 日**

暮春之美，在大风起、尘霾无存，在山明、天蓝、树突然绿；在人于风中看树，其树摇晃猛烈，似万千天地力欲借树枝而出；人无枝可摇，唯见其自摇而已，人树真有别也！风中林壑啸响，如天地之马奔，视响处，见双鹊逆风不进，渐弯落山峦中，鹊有翅而人无有，人鹊真有别也！暮春大风，山林，我心，此刻真三兄弟也！

老莲方家：
春风和畅心飞扬，欲上青天揽日月。

- 2017 年 4 月 21 日

又见青樱桃，心动！俚语云：樱桃好吃树难栽。实则非然。樱桃为海外热带物，19 世纪始入中国，吾山居时种三株，此树无须灌，无须药，无须肥，植则自长，春花如雪，青果如碧珍珠，夏则红玛瑙满树矣，果大而甜，人鹊皆争食之。又，世言此树最高 6 米，吾种之 13 年，已高 7.5 米矣！树难栽者，谬也；高 6 米限者，谬也。

张蕾方家:
青果舌尖酸，不觉口流涎！
说是五月熟，但尝四月鲜！

● 2017 年 4 月 24 日

皖地绿茶之美，始于吾之心醒。吾友武杨，学子时
交也，某春，邮茶一盒；次春，又一盒；此后，每春
必有茶到，早晚无愈清明、谷雨、立夏间者，故吾每
于山中寒尽，知春风来，茶亦必来，今复如是。吾每
于此时，必沐手，辍所有事，沏茶饮，念"众妙之门
茶色绿"，"小叶禅净生香深"，人心清凉无染，纯朴
真可如斯也。

- 2017 年 4 月 29 日

我山青藤，暮春神飞。青藤之神有六：一曰掠蓝，昂首青天欲得蓝色也；二曰驻脚，静于原处若鹤立也；三曰童无欺，嫩茎天真无尘染也；四曰自在发，勃勃然若新悟也；五曰寂照，人藤相映默无言也；六曰无滞，目得之心泉发也。隐士言："山中看新藤二十春者，必近道矣。"吾看十四春矣，尚缺六，思之怡然哂然。

● 2017 年 5 月 13 日

篝火者，野外柴木之火也，农耕境外，不可稍得，然
吾近得之。吾同学毕业 35 周年，齐集恩施深山，其
地二官寨，世外桃源也。入夜篝火起，同学团围，吟
之唱之，舞之啸之。斯时火进夜退，红光映面，人人
恍若 35 年未逝，重回大学时代矣。昔日青春言何在？
毕剥篝火照流年！夜深，篝火灭，山溪水响，吾无言，
心如在另世矣。

- 2017 年 5 月 15 日

初夏莲花山，云白如雪城；大朵不遮天，小朵隐鹤魂。
或曰：天蓝如何？答：天在高处蓝出了眼泪。吾逢事
多，碌碌不可停，然见云天如此，心中神飞，乃持清茶，
坐大杏树下。云天言："山中出仰望者矣。"吾默而
不应，心哂哂然：夫惟仰望，云天苍苍；事如埃土，
清净委地；得此澄明，斯乐何极？高天妙境，不可
言也！

乔忠延学长：
美景常在，而伯乐不常在。
先有伯乐，后有美景也。

甦子道兄：
天如靛染，子思之纯。
云如锦素，以林之清。
互望互仰，倾盖若水。
互观互照，镜鉴之心。
众妙如常，大道之简。
志淡如茶，云何忘言。

● 2017 年 5 月 20 日

初山居时，吾得大树根一尊，其形意气丰沛，似点指可成雕品也。然十三年矣，无一凿所为者。今忽见山鹰一只落其上，急欲拍之，未得。吾近前敲树根，砰砰然，无半点朽意。噫，此"向前敲瘦骨，犹然作木声"也！大树根何来？恒伴于山中耶？斧凿久未施，夫惟待山鹰之一落耶？天地造物无尽，我力所改者甚微也！

甦子方家：
前世深钻泥土，为生为久为传统。
今生陈于山居，印生印死印时光。
大士心有戚戚，感德感悟感流年。
赞曰：
根有虬曲皆同意，质存轮回全为荣。

项纯文学长：
留得此根，可日见菩提。刀锯已施，斧钺勿再，刑不二罚可也。

吾张伞立雨中

- **2017 年 5 月 22 日**

自春至夏，了无滴雨，草木枯萎，心焦灼。今天空乌云墨色，如黑夜状，俄而闻雨滴声，少倾雨骤，湿气弥漫四山。吾张伞立雨中，听雨击树冠，击草丛，刷刷然，周遭林木山草，似皆翘首起立，有咯咯笑声。久旱甘霖者何？山居者可闻草木之笑也。吾虽默然，心亦实笑，山林草木亦当闻此笑也。人与天地通者何？此亦一也！

赵跟喜道兄：

喜降麦雨，太空之力也！孰使忧者以喜，病者以愈，稼禾丰稔，上天不遗弃百姓，我们要永记苍天之恩赐啊！

- 2017 年 5 月 29 日

晨，大玻璃突然响，咚，若大帛扔击状。视之，乃一斑鸠撞上也，其从山谷中来，或视玻璃为空，欲穿飞之，不意迎面一击，半昏，趔趄下坠。吾急出欲俘之，斑鸠坠于地，扑草挣扎逃入山林。吾默然心笑。回室视窗，自叹空者真妙有也：玻璃为实，斑鸠视为空，撞击，下坠，逃走，吾视之，成盎然意，平空生山居之一妙。

花山道兄：
窗外即山林，浑然入色空。
禽鸟欲亲我，试翅有无中。

老项学长：
"空者真妙有"，此太上菩提故以实击虚，则殂。老子所谓"视之不见名曰夷"，斑鸠未解也，怜而悯之。人何解得？必"致虚极"，"守静笃"，而后可安怡泰若。端午节际，此太上来示，鸠其使者乎？知之而未可知也。天地不仁，以万物为刍狗，是亦端阳赐道珍重惜福之意也。同窗诸兄吉祥！

- 2017 年 6 月 1 日

  六月一日，人在童年。童年者何？赤膊，赤脚，顶烈日，爬桑树，摘桑葚也。今冀北山中，亦复如是。逢天无云，四山碧，野雉飞。吾持利器，戴草帽，拨草莽入山谷，行未远，即见桑树数株立于前，似久待我也，大桑葚乌乌。吾大揖："见过各位桑树兄！"攀之、摘之、食之，心赞叹之：大壑深谷中，吾与树孰更得此刻？

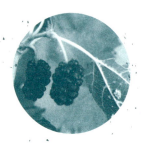

张德龙道兄：

君寻树即刻，树待君久矣！持童心，心尘外，法自然；经风雨，蕴精华，共此刻。
君之幸亦树之幸！

- **2017 年 6 月 4 日**

六月四日，山雀一只，白其头，名白头翁，黎明即鸣于窗前。日高时，其跳跃于窗前树，食大桑葚，张口，一吞，再一吞，又一吞，咽下。尔后歌唱，吆，吆，折滴！再尔后，则直扑吾窗，欲入吾室，驱之不走。稍飞山谷，片刻又来，如此者二小时余。吾不讶也，习为常也，每年此期，此鸟必来。非有人约，天遣之也！

禾平道兄：
山雀白头翁，窗外啾啾鸣，
年年此时来，欲言何心声？

● 2017 年 6 月 9 日

外出归山，见地上金黄，灿然照于目，皆碎杏也，知
松鼠之所为，乃大喝："呔！"松鼠数十，结队奔
逃。吾视杏，所余零星矣。吾有杏五株，年产千余斤，
一时晚，皆成松鼠库粮矣！吾言松鼠，端的生猛；四
季居山，夏听南风；山热天高，果实如灯；见吾不在，
饱得俺杏；干劲十足，一搞干净；实彼盗乎？非也
非也！

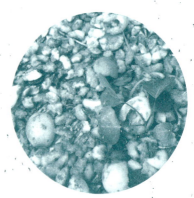

项纯文学长：

众生平等，人占鼠偷，一应俱佛。

山风暴起，
山壑震荡

● 2017 年 6 月 14 日

晨起，忽见地上有密集如粒者，绵绵大片，细视之，乃爬山虎之落花也；俯而嗅之，甘甜郁郁。山居十三年，未见爬山虎花丰沛如此者，真神异哉！仰视吾墙，昔细小如指之爬山虎，今已粗及巨杯，蜜蜂采蜜，嗡然如锣响，其有蜜蜂后二肢挂蜜囊，飞行若提二小灯笼，真妙哉！我伴爬山虎久矣，未知此兄弟竟有如此之靓境！

支东生道兄：
芳菲满院，静心怡情。

- 2017 年 6 月 18 日

万绿丛中，红三两点，何花？细看非花，红叶也，甚诧之。叶之变，气寒秋高风凉，经肃杀之夺，方显火焰之色，今盛夏也，山中热浪勃发，万物旺长，何现红叶？乃拨草莽扶视，确红叶也，其藤或有变异，感时逆反，以热为寒，以夏为秋，以周遭绿为遍地红，故自红也。先贤言万物唯心所造，此叶之心，亦如是乎？

胡丹学长：

叶心红也，固与绿同。
万物宜也，固与夏秋同。

孙咏梅学长：

顺则成凡，逆则成仙。

● 2017 年 6 月 23 日

我山有佳木，其果如卵，吾友呼为苹果。吾笑曰：此核桃也，原产伊朗，汉时张骞通西域，持回，今生东土二千三百余年矣。核桃何时到吾山耶？未知也，吾所知者，其与我共居此山，共享此夏，共对此刻，两相心悦也。友曰：核桃亦心悦乎？吾言：如是，万物相由心生，核桃长相俊逸，神气饱满，勃勃然似有所言，其心岂不悦乎？

老狼学长：
刘郎写核桃，核桃悦刘郎。

- 2017 年 7 月 1 日

  我山中屋，高 8.5 米，其顶高于树顶，有喜鹊筑大巢，其巢在脚下两米，每俯视，辄叹："鸟巢低于人脚也哉！"不意今日上屋顶，见有树冠夺吾屋矣，此树建屋时伐去，屋成，树根自出新枝，短短 14 年，今高十米矣，真乃"不见其长，日有所长"。天下万物真在道也，其自增者，其自有成，人见或不见，皆必显也。

洪峰学长：
这环境，好。

- **2017年7月8日**

昨夜，山风暴起，山壑震荡；屋外树枝折断，小枝如飞鸟撞窗，砰砰砰。院中诸椅若搏击者，右旋左转，嘎然响然。俄听冰雹击地声，巨雷压顶。心念此天欲何为耶？今晨见四方大树多有拦腰折断者，院中青铜雕塑亦倒，三五椅挂墙上，青涩枣满地，狼藉甚。噫，此夏气雄性之所显也！巨雷长风，大雹巨雨，夏之真面目也！

张枚枚方家：

六月冰雹击地，巨雷压顶，长风呼啸，万物狼藉，夏之雄健，顿感人之渺小无依也。

- 2017 年 7 月 15 日

我山有石，石有一凹，长尺许，深仅盈寸，积浮土，中出小树一株。吾心念：衰哉，错生矣，寒冬必毙哉！不意次春，小树又绿矣，今已四年，高 1.5 米，勃勃然林中少年模样。吾观其树，逢春则绿，逢夏旺长，逢秋叶落，冬则藏矣，之后复始。何时无继？不忧，不念，形容自若，一切只在当下，当下光华溢满，此树示之矣。

苦僧方家：

不忧，不念，形容自若，一切只在当下，当下光华溢满，此树示之矣。

- 2017 年 7 月 20 日

我山玉米熟。昨夜，闻山谷有嘎嘎声，知猪獾来矣。吾持探灯上屋顶，猛亮灯：哒！獾如滚地黑雷逃入山林。吾大笑。我山猪獾，劲足利牙，十月底冬眠，次年三月出，凡蔬菜皆避之，凡"粮食"皆掠之。今晨入地，见玉米几尽，蔬菜无一损。吾立露水中，望山，知獾藏于西壑中，距我数尺数千尺，原野之气，勃勃然正迎面来。

jianping 学长:
立于露水中望山，"原野之气，勃勃然正迎面来"
是何感觉！真乃提神、延年之境也！

- 2017 年 7 月 26 日

山中浓云、夏雨、暴热，地上物无一不暴长者，倏忽间，瓜菜半老者有之，肥胖者有之，吾提蓝采摘，自叹真好夏天也！又见屋边蒿草，蓬蓬然直夺四方，水管、锹、镢头、雕塑，皆为其掩，真青春哉！吾观蒿草，棵棵旺绿，无一不饱得盛夏之阳气者，真乃万物"一路着力"也哉！敢问此力亦到吾乎？此心兴叹，量必是也。

禾平道兄：

地力，天力，自然力，生命之力也，万物生长，方兴未艾。君居山中久，齐物矣，故得自然之力，勃然生发，若万物生长也。

- 2017 年 8 月 4 日

昨夜，野猪十数，自西壑来，沸沸不散，吾捡石一箕，

至屋顶击之始散。今晨，六七头复来，吾心怪之。细

视见水洄之池，陷一小野猪，吾杖器近前，小货奔腾

跳跃，恐甚。吾笑曰："小子，无恙乎？吾非汝敌，

友也，山邻也，当救汝归山林！"遂寻木板置池边：

"小子，且上！"小野猪悟，踏梯一跃，如风直入

山林。

田庄道兄：

吾有一联赠以林先生：

大塔小塔皆是塔，不分六七；

救人救猪度众生，俱见功德。

赵山林学长：

野猪夜来朝复来，二别居士起徘徊。

忽见幼猪泥陷足，近前视之彼惊怖。

以林大笑吾非敌，忙寻木板助彼力。

腾身一跃踏梯上，如风直入山林去。

以林谆谆犹寄语，注目云深不知处。

- **2017 年 8 月 6 日**

热夏极处，百树生果。逢昨夜雨大作，今高天蓝，白云飞，四山碧，蝉鸣如海。心闲，无事，立树下仰视，十步之内，见柿、枣、山楂，皆青春少年模样，神色俊逸，吾呵呵然："汝等虽青涩，然秋将至矣，柿黄，枣红，山楂更红，诸君果如是乎？"诸树发音："知我者，山之兄弟也。"吾默然四顾，山寂如古，所闻者何？

陈先发道兄：

十月份去坐你树下，大吃三天。

● 2017 年 8 月 15 日

山中立秋，昨夜仰望穹隆，嗅银河清气，觉有甘露自
高处来，自念秋露可见乎？今晨，果见也，水边深草
处，珍珠万点，颗颗明亮，其碧透澄澈面目，如梦中
小星辰！以手抚之，手湿；以足掠之，足湿；以目触
之，目光湿。秋露不染微尘，吾魂亦为湿之哉？又见
草边水，上生薄雾，此雾为秋露之云耶？山中世远，
有何不可是！

老项学长：

"湛湛斯露，匪阳不晞"，《诗经》之句也。"正
雾霭烟横，远迷平楚"，周邦彦之词也。皆被
以林镜头捉尽。又"吾魂亦为湿之哉"，真正
写雾露佳句！

吾持书佯根长坐

● 2017 年 8 月 23 日

吾小木屋，在山壑坡下，自然之力，无有不欲进者。今年夏，有爬山虎越窗上屋顶，其藤俯窗窥屋内，茎不可入，竟一夜间生根千百，夺窗纱细孔，直入室内。室中空者也，诸根无着，明晃晃亮于眼前。噫！枝叶下读书者有之，根须下读者有之乎？吾持书伴根长坐，觉大地清凉，直入字行。真妙也哉，天地通彻，汇于眼前！

胡丹学长：

此慧根也，欲求师也、学道也，故破窗而入室也。善待之可也。自今读书当朗其声而昂其首，菩提此慧根也。

土老帽方家：

见与师齐，减师半德；
见过与师，方堪传授。
花花草草，大德之师；
之与刘师，晨晨昏昏。
羡慕。

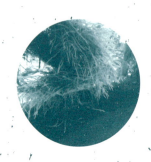

- **2017 年 8 月 29 日**

双刀骤落。树叶之中，螳螂色若叶。树皮之上，蝉身色若树皮。猎者，被猎者，伪装皆无瑕，然丛林中道，世难违也：螳螂出刀，蝉身经孚，挣扎狂嘶。吾闻天地间捕杀声，攀大树而上，以细枝挑螳螂身，推其移一米余，然螳螂双刀，分毫不松，此时此刻，蝉为螳螂之唯一也，吾如无也，螳螂扑蝉，忘我而入杀境者何深也！

杨歌方家：

螳螂捕蝉，无展翅黄雀在后，无持弓小童在下，唯有先生观战，妙悟自然之道，相生相克之理，大矣哉！

天然学长：

了账了缘，万事方般，一幕一幕，谢了又演。

● 2017 年 9 月 7 日

白露，柿不可忘。我山居初，种柿树一棵，其细如筷，
念其瘦，赐名"刘小筷"。小筷五年不长，心疑或"老
僵"矣。忽一年，小筷粗如手臂，心大讶，何时长如
此耶？仰视，见青柿一枚，硕硕然如宣言。记其日为
白露。今又白露矣，小筷已粗如牛腿，数其柿，166 枚，
茂哉多哉。山中岁月，真在其道，白露高秋，小筷真帅！

长江边人学长：
晶莹白露洗清秋，万木霜天一望收。
七七同窗人未老，喜观青柿满枝头。

- 2017 年 9 月 13 日

凌晨四时，山中寂寂，启门出户，见月在南岭，天地如水清凉，光华溢满。吾看天上月，下弦也，银面也，高远也；吾看地上物，静谧也，墨色也，禅定也；吾看心中我，孤明也，无尘也，世外也。十维际会，乃天人此时乎？于是持吾椅，唤吾狗，加吾衣，寂坐直待日出：日出矣，天蓝矣，月淡矣，西岭明亮，一如梦矣！

姜诗元道兄：

宇宙澄澈，八方孤寂。天者，我也；地者，我也；城者，我也。谋阴阳，度黑白，判生死，权得失，辨是非，知进退。雄视天下，纵横古今，我是自己的王！！

胡丹学长：

山中之天地日月，皆心中之菩提道场。刘山大刹也，居士灵山也。

- **2017 年 9 月 22 日**

山中佳木，其一为栗。栗者，坚果王之一也。吾欲种
之，山民马旺言："易耳，山中多有。"乃持锸发小
树一棵移植，十余年矣。今逢秋高，吾见刺球满枝，
明明然若星辰满树，叫声啊耶！持竿击之，得栗一
盆。孙思邈言栗乃"肾之果也"，吾不知其效，知
其美味也：烹而食之，勃勃然有山林气，真尘外境也，
心为之快！

德龙道兄：

君又食鲜乐事传，无尘之快福无边。
菩提花开智慧果，居山吾师刘半仙。

- 2017 年 9 月 29 日

吾山居，烹茶燃薪，斯为常也。今得好泉，又为之：立砖为灶，打火燃薪，壶置其上。吾观灶中火，啪啪响，薪上焰，先蓝，后金，再红，世言火有焰心、内焰、外焰，斯为实也。未久，壶中水响，"响水不开"；又未久，壶嘴热气喷出，声嗞嗞，水开矣。此"真火"所烧之水也！都市中已难见真火矣，山野之中，此"真"尚存！

赵跟喜道兄五言：
莲花山中居，以林乃真人，
刀耕火种乐，帝力奈其何？

旺钦彭措法师：
金木水火土，山中我做主。
真人假里做，实修道也无。

● 2017 年 10 月 2 日

山中秋声，非仅肃杀，亦激越也，杨树叶即为其一。

杨为北国君子，其干直，其意挺，其神俊，其叶大若

掌：逢西风来，杨干不动，杨枝飞晃，杨叶勃勃互击，

其声叭叭然，如飞石落，如鞭炮鸣，如百人击掌，真

天地精华音也。今西风越西岭来，杨叶又响矣。吾趋

树下，仰望，心怦怦然：杨何言哉？唯秋与风自鸣而

已矣！

旺钦彭措法师：

壮哉此树！美哉斯言！

北国有豪情，直立天地中。
抚掌岂嗟叹，凛然抱西风！

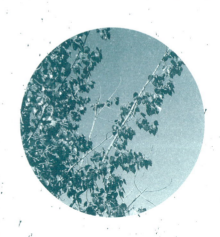

- 2017 年 10 月 6 日

中秋节后，山中枣落。吾山居时，种枣数株，每秋红枣满冠，食之不尽。有友来，摘包满满，再望树冠，不见其减。枣，甜、脆、靓，然不可久存，五七日不摘，皆软缩，食之若酒浸，落满地也，吾心每叹。昔有渔民以海参为粪者，后有穷人以大闸蟹为食者，再有此枣者，物不尽其用，误于时耶？误于识耶？误于心耶？

蒋维扬学长：
大师悯惜天物，珍重四时，
是根于善悟于心也！

- **2017 年 10 月 9 日**

寒露秋草，蚂蚱一只。此蚂蚱，吾故乡呼为"蹬倒山"，谓其腿力大，不可敌也；且腿上刺锐，触之手破。今见之，吾言："秋深矣，君何往耶？"蚂蚱蠕动，一跳出草，再跳上树，三跳落石上。吾念："冬近，山将寂，明年再来！"蚂蚱寂驻石上，半日不动，如小雕像然；久之，仍不动，真"不必动也"。日暮，吾舍之去。

老项学长：
杨万里有"霜中蚱蜢冻欲死"句，昨日寒露，故刘山蚂蚱三跳而寂驻，"如小雕像"者，模特之也。知其所也，此蚂蚱有大慧。

方垄道兄：
以悲凉意观，谓之秋深；以咀嚼味入，言此真香——攻略：豆油多许，青烟袅袅际入此物，空气蓬勃而发，肚腹伸长焦黄之时取出，佐以椒盐，配陈年老酿，得一胜春朝的雨天秋日。

- 2017 年 10 月 19 日

云、山、红叶，每秋深，必遇于眼前，吾山居，已十四见矣。昨逢夜雨，今晨苍穹一片云，自圆而长，自长而缕，白颜如带，横陈山下，山默坐之。吾念："山静矣，云低矣，红叶何在？"俄闻眼底绿色窸窣然有火焰声，顷刻而红。三物齐备，无所缺也：白者如水，红者如火，默者如往事，深秋魂魄，尽得于当下矣。

瀛通长者：

以林，远见山静云动，近有层叠似火之叶夺目，一幅深秋自然景观，令人感叹又一秋，何时民生如自然之美与和谐？愿借你之图像，为生民祈福！

- **2017 年 10 月 26 日**

吾山有石，石上有凹：凹小哉，生草尚困窘，然生一树，已愈四载，吾曾著文记之，赞叹不忧不惧，不意非命，山民误断之。此九月事也。今往见其根：新枝出矣！春夏新枝寻常，何此树深秋出耶？树非非命，根基固存，磐石无阻，山刀妄行，前干捐去，后干又生，生生不息，此即无忧无惧当下之大道也，此树又示之矣！

禾平道兄：
根乃生命之本，根基尚存，则能生生不息，磐石亦无阻也。

- 2017 年 11 月 3 日

吾山有树，侧有爬山虎，距丈余，一树一藤，共享山土，两相安也。某年，藤忽到树上，吾除之。次年，再次年，皆如是。吾思其藤欲何为耶？今年夏，藤复来，吾任之。霜降后，山中清冽，藤忽如火，而树绿如故，红绿和合，水火并也；树冠藤飞，龙蛇生也；秋到绝响，妙境明也：此藤之欲所为耶？草木之妙，人知几何！

赵跟喜道兄：

藤性爱攀附，木不厌之；顺其自然，乃大道也！
木藤相知，人所不能强之！

- 2017 年 11 月 13 日

吾家有黑白二猫，黑猫礼让白猫，每食必白猫先。后新养小犬，黑猫不容，挑战不能胜。忽一日，怯弱白猫作狮子吼，围人叫啸，欲以命搏人状，吾惊怪之，察，始知黑猫绝食有日，骨瘦如柴，气将绝，急送医，半月始复。小犬亦另置。黑猫归家，每食改黑猫先，置极美味亦如是，白猫尽让之。猫世间事，岂与人世同乎？

南溪学长：

山居微小说《那猫那犬那山》，情节扑朔迷离：猫之恋；猫犬妒；黑猫死谏；白猫悲呛；救黑抚黑；犬猫分居；猫欢犬跃，皆大欢喜。阿弥陀佛。

zhàngdelong 道兄：

吾农家院甚大。始有数只野猫来；撒食喂之，渐渐熟便入室为主成家猫。后又有数只来，置猫舍于院中；再后又有猫来，只睡猫舍顶，后再有猫来只吃食吃完走。睡猫舍者偶尔入室，睡猫舍顶者不入室不入猫舍。每进食必按次序，不争不抢，秩序井然。叹曰：猫之觉悟何胜人哉！

编辑手记

——————

　　和大多数的朋友一样，认识刘以林兄也是因为文字。第一次看到其朋友圈的短文，惊艳之极，区区百余字，竟通天彻地，安静澄明，骨格清奇，生趣盎然，情真而意切，文短而气长。当下，山居似乎已成今人时尚，但细打量，矫情作秀者居多，以林兄山居十五年，参天地造化以悟道，感四时轮回而抒情，绝对是大手笔画大气象，非知行合一、内心了无牵挂之人所不能为也。

　　做编辑久了，每每看到好的文字，总想以最妥帖的方式留住并传递给更多的人，于是求老友丁晓禾先生带我进山拜见以林兄，说出想将其散落在朋友圈内的文字汇集成册的愿望，没想到以林兄早有此意，于是一拍即合，其间又有北京爱智达人教育科技有限公司的崔正山先生从中玉成，接下来的合作一切顺遂。

　　如今，《山居格调》一书即将面世，想到文林学界的读者将因此受益，作为编辑，内心又多了一份圆满。

李炳青

2018.5.13